KB063125

마지막 유령

고향 옥 옮김

니시무라 쓰지카 그림

사이토 린 지음

양철북

The Little Ghost on the Bridge

Text by Rin Saito © Rin Saito 2021

Illustrations by Tsuchika Nishimura © Tsuchika Nishimura 2021

Originally published by Fukuinkan Shoten Publishers, Inc.,

Tokyo, Japan, in 2021 under the title of "SAIGO NO YUREI"

Korean rights arranged with Fukuinkan Shoten Publishers, Inc.,

Tokyo through Eric Yang Agency., Seoul.

All rights reserved.

이 책의 한국어판 저작권은 Fukuinkan Shoten Publishers, Inc. 와의
독점계약으로 (주)양철북에 있습니다. 저작권법에 의해 한국 내에서
보호를 받는 저작물이므로 무단전재와 무단복제를 금합니다.

이야기를 시작하기에 앞서

'시대'라는 걸 알고 있어?

그건 매우 이상한 거야.

만질 수도 없고, 눈에 보이지도 않아.

공기 같은 거냐고?

공기라면 숨을 들이마셔 보면 지금 여기에 있다는 걸 바로 알 수 있겠지.

하지만 '시대'는 그렇지가 않아.

그 안에 있을 때는 알아차리지 못하거든. 자신이 '시대' 안에 있다는 것을.

얼마쯤 시간이 지나고 나서야 알게 돼. 그리고 나중에야 바보처럼 중얼거리지.

"아, 그때는 대단한 '시대'였어." 하고.

더 무서운 것은 이 '시대'란 놈이 살아 있다는 거야. 우리를 집어삼킨 채로 말이지. 살아 있는 존재처럼 모습을 바꿔 가며 이쪽을 살피기도 해.

'슬픔'이란 걸 아는지, '후회'는?

그걸 누가 모르냐고? 누굴 바보로 아느냐고?

이것은 여러분에게는 조금 미래의 이야기,

나에게는 조금 옛날의 이야기야.

슬픔과 후회가 없었던 시대.

그때는 모두가 갓 구운 빵처럼 말랑말랑하고 행복했지. 평생 굳지 않는 말랑말랑 마법에 걸렸다고 믿는 것처럼.

어때, 끝내주지?

그것이 바로 '대행복 시대'야.

지금부터 내가, 그러니까 3년 전의 내가 들려줄 것은 그 행복한 '시대'가 끝나 갈 무렵부터 슬픔이 되돌아올 때까지의 이야기야.

결코 해피 엔딩은 아닐 거야.

그런데 이상하게도, 그로부터 3년이 흘렀지만 나는 그때로 돌아가고 싶은 마음이 들지 않아.

아마 우리 가족도, 먀오 타도, 겐조도 그러겠지.

너도 그렇지?

네무.

마
지
막

유
령

해 질 녘의 버스

"나, 이번 여름방학에는 별로 못 놀 것 같아."

학원 수업을 마치고 집으로 가는 버스를 기다리면서 나도 모르게 푸념이 나왔다. 그 사실만으로 한숨이 절로 나온다. 옆에 서서 같이 버스를 기다리는 두 녀석은 친한 친구인 마사루와 신이다.

"공부 때문에?"

마사루가 물었다.

"아니."

"그럼, 여행 가?"

신이 돌아보았다.

"아니. 근데 비슷해."

나는 잠시 뜸을 들이고는 입을 열었다.

"초등학교 5학년 여름은 단 한 번뿐이래."

"헐, 그게 무슨 말이야?"

신은 그렇게 말하면서 목을 쭉 빼고는 도로 끝을 살폈다. 곧바로 팔짝팔짝 뛰면서 소리쳤다. 책가방이 덜그럭덜그럭 울렸다.

"버스 왔다!"

하지만 기대와는 다르게 전혀 다른 방향으로 가는 버스였다. 버스 정류장 지붕 밑에 서 있던 우리는 맥이 탁 풀렸다. 신은 언제나 제대로 확인도 하지 않은 채 말이 앞서는 녀석이다. 자기가 제일 먼저 "버스 왔다!"고 외치고 싶은 거다. 정류장에 멈춘 버스 문이 열리기 전에 우리는 서 있던 줄에서 옆으로 비켜섰다. 양복 차림의 아저씨 한 명이 내리고, 누나 한 명이 올라탔다.

"아빠가 그랬어."

나는 다시금 정신을 가다듬고 말했다.

"시골 할머니 집에 가게 됐어. 다시 오지 않는 5학년의, 단 한 번뿐인 여름이니까 가래."

"그거랑 그거랑 무슨 상관인데?"

신은 얌전히 서 있지 못하고 줄에서 나왔다 들어갔다 한다. 줄이라고는 해도 이제는 우리 셋에 할머니 한 분, 유모차를 잡고 서 있는 아기 엄마뿐이다.

"추억 만들기 같은 거 아닐까? '대자연 속에서, 지금이 아니면 할 수 없는 귀중한 체험', 뭐 그런 거 말이야. 어른들이 그런 말 많이 하잖아."

마사루는 이렇게 말하고 신의 책가방을 뒤에서 잡아당기고는 정류장에 붙은 버스 시간표를 들여다보았다.

"6시 10분 버스가 아직 안 왔어."

"추억 만들기가 뭐 어때서?"

신이 물었다.

"아마 우리 부모님이라면, 한 번뿐인 초등학교 5학년 여름이니 후회 없도록 방학 특강이나 들으라고 할걸."

"후회라고…."

나는 중얼거렸다.

해가 길어져서 아직도 한낮만큼이나 덥기 때문에 저녁이 됐다는 사실을 깜빡하곤 한다. 도로를 달리는 자동차 불빛도, 아파트 입구의

외등도, 전봇대에 매달린 가로등도 언제나 어느새 밝게 빛나고 있다. 실제로는 밤이 벌써 가까이 와 있는데도 모른 척하고 영원히 놀 수 있을 것만 같다.

하늘은 밤하늘 같지 않게 아직 파랗다. 지상의 빛 때문에 군데군데 떠 있는 구름이 보인다. 마치 턱 밑에서 손전등을 비추고 있는 얼굴 같다.

"후회, 그게 무슨 뜻이었더라?"

"나도 그때 엄마한테 물어봤거든. 후회가 뭐냐고."

신은 입술을 삐죽 내밀었다.

"옛날부터 그런 게 있었대. 나쁜 아이에게 찾아오는 거라던데."

"괴물, 그런 거랑 비슷한 건가."

내가 중얼거렸다.

"바로 그거야. 어른들이 맨날 어린애들한테 하는 거짓말. 아 진짜, 버스 되게 안 오네."

신은 말하면서 코가 닿을 정도로 버스 시간표에 얼굴을 바짝 들이대고 노려보았다. 하지만 보는 척만 할 뿐, 실제로는 다른 데 정신이 팔려 있다.

"생각해 보니까, 나도 후회란 말, 사전에서 찾아본 적 있어."

마사루는 국어 과목을 잘한다.

"일어난 일을 나중에 뉘우친다, 그런 뜻이었어."

"뉘우치다, 그게 또 무슨 말인지 모르겠는데."

신은 목을 쭉 내밀었다.

"사전은 맨날 그러더라. 모르는 말을 찾아보면 더 모르는 말이 나와."

뒤에 서 있는 할머니가 빙그레 웃자 신은 우쭐해져서 더 목소리를 높였다.

"우린 아는 게 하나도 없어."

나도 웃었다. 하지만 정말로 그렇다고 생각했다.

"아, 버스 왔다."

신은 잽싸게 도로를 돌아보며 외쳤다. 자신이 먼저 말하고 싶었던 것이다. 이번에는 우리가 탈 버스였다. 우리 셋은 같은 버스를 탄다. 직사각형에 멜론 젤리 같은 불빛을 가득 채운 버스가 멈춰 섰다. 그 빛이 출렁, 흔들리자 별안간 사방이 확 어두워진 느낌이었다.

"푸슉."

우리 셋은 동시에 입으로 소리를 냈다. 버스 문이 접히

면서 열리는 소리. 한숨을 내쉬는 듯한 그 소리를 흉내
내는 것이 우리 사이에서 도는 유행이었다.

"후회 같은 말."

마사루가 말했다. 그의 낯빛이 열린 버스 문에서 새어
나오는 불빛을 받아 멜론 빛깔로 물들어 있다.

"또 뭐가 있더라."

"맞아, 그런 말들 있었어. 그렇게 안 쓰는 말을 사어
(死語)라고 하지?"

신은 맨 앞에서 탕, 탕 소리 내며 버스 발판을 밟고 올
라갔다. 버스 안에는 에어컨이 강하게 돌고 있었다. 진
짜 젤리라 해도 너무 차가울 것 같았다.

"슬픔?"

문이 닫히자 마사루는 안전봉을 잡고 말했다. 버스가
흔들렸다.

"아…, 슬픔."

나는 말했다. 그 단어도 오래된 전설 속의 괴물 같다. 유리창 너머로 거리의 풍경이 뒤로, 뒤로 휙휙 달려간다.

많은 운동기구가 빛을 뿜어내는 스포츠센터. 번쩍번쩍 요란한 조명이 눈길을 끄는 편의점. 이빨 빠진 모양 새로 빌딩과 빌딩 사이에 들어앉은 주차장.

버스 창문에 비친 우리 얼굴에 바깥 풍경이 겹쳐지면서 흘러간다. 초등학교 5학년의 여름이 더없이 소중하다면 이 경치도 그처럼 소중할까.

우리는 아는 게 하나도 없어, 라는 말은 맞다.

어디로 가는 버스인지 확인하고 올라타고, 안내 방송이 나오면 하차 벨을 누르고 내린다. 아무것도 잘못된 것이 없는데 그 모든 것이 잘못된 느낌이다. 그 느낌을 애써 외면하려는 듯이 우리는 앞다투어 하차 벨을 누른다.

여름에 피는 그 꽃. 신호에 멈춰 선 버스의 창밖으로 보이는 저 키 큰 꽃의 이름도 우리는 알지 못한다. 그것들은 가로수와 영산홍 산울타리에서 멀찍이 떨어진 골목 어귀나 빈터의 귀퉁이에 몇 그루씩 무리 지어 피어서 살랑살랑 그 존재를 드

러내고 있다.

　창백한 은빛으로 빛나는 커다란 꽃잎이 꼭 사람의 손가락을 닮았다. 번쩍번쩍 빛나는 거리의 불빛이 닿지 않는 어둠 속에서, 그 꽃은 드문드문 떠 있는 구름을 붙잡으려는 듯이 하늘에 손을 뻗치고 있다.

비행기가 있는 여름

　8월이 되자마자 나는 당연한 듯이 시골에 왔다.

　'계획대로'일 수도 있고, '계략대로'라고 할 수도 있었다.

　마사루와 신에게는 말하지 않았지만 자연 속에서 추억을 만든다는 것조차 아빠가 지어낸 핑계일 뿐이다. 직장 일로 집을 비우는 동안 나를 외할머니에게 맡기는 것이다. 나도 이제 혼자서 집에 있을 정도로 다 컸지만 계속 혼자 두는 게 마음에 걸렸을 것이다. 시골이란 죽은 엄마의 친정집이다.

　엄마에 대한 기억은 아무것도 없다. 내가 어릴 때 죽

었으니까.

엄마, 라는 말은 시조새나 알로사우루스 같은 것과 비슷한 느낌이다.

작년까지는 일주일쯤 열리는 캠프나 여름학교에 참가했다. 하지만 아빠는 올해, 보름씩이나 집을 비워야 할 정도로 바쁜 모양이다.

"거긴 아무것도 없었던 거 같은데?"

출발하는 날 아침, 나는 일찌감치 밥을 먹고 나서 새삼스럽게 물었다. 차마 기억이라고 하기도 민망한 흐릿한 이미지. 유리에 붙은 작은 보푸라기 같은 느낌이랄까. 입원해 있던 엄마 곁을 아빠가 지키던 때의 일이다.

"무슨 소리야. 없는 거 없이 다 있는데. 대자연 속에는 모든 것이 있어. 너 어릴 때 잠깐 거기서 지내 봤잖아?"

"그건 기억하지. 근데 뭐가 있었는지는 생각 안 나."

1년 정도 시골에서 지냈던 것 같다. 지금 이렇듯 아무런 감흥이 없다는 것은 인간이 평생 할 만큼의 시골 체험을 그때 다 해 버렸기 때문이 아닐까.

"뭐, 그래도 상관없어."

그릇을 들고 식탁에서 일어났다. 설거지는 항상 내 몫

이다.

"상관없다고…. 그거 잘됐네."

아빠는 말했다. '상관없어'와 '그래도 상관없어'는 하늘과 땅 차이인데.

"설거지는 그냥 둬. 아빠가 이따 퇴근하고 와서 할 테니까."

"벌써 나가게?"

나는 수돗물을 틀려다가 말했다.

"금방 끝나. 그냥 두면 며칠이나 이대로 있을 것 같은 예감이 들어서."

"무슨 소리야. 오늘 저녁에 바로 할 거거든."

"그러겠지. 그래도 해 놓고 가는 게 마음 편해."

나는 물을 틀고 수세미를 집어 들었다.

"하지메."

아빠의 말이 물소리에 섞인다.

"할머니 집 근처에 공항이 생겼어."

"공항, 이라고?"

몽글몽글 거품이 인 수세미를 손에
쥔 채로, 나는 흡사 쿵후를 하듯이

잽싸게 수도꼭지를 눌러 물을 잠갔다. 내가 세상에서 제일 좋아하는 것은 비행기. 두 번째가 공항이다. 하지만 아빠가 던지는 그런 달콤한 미끼를 덥석 물 수는 없다.

"설마, 그 공항은 아니지?"

"그럼, 그 공항이 아니면 어떤 공항이 또 있단 거냐?"

아빠는 웃었다. 폴로셔츠에 얇은 재킷. 하의는 청바지. 평일이고 휴일이고 한결같은 차림이다. 아빠도 직장인이지만 출근하면 하루 종일 연구실에서 하얀 가운 차림으로 보내는 탓에 번듯한 옷은 한 벌도 없다.

"말이 집 근처지, 실은 엄청 멀지?"

"걸어서 갈 정도야."

"밤새 걸어서?"

"아침마다 산책 다닐 수 있을 정도."

"그걸 어떻게 믿어."

나는 그렇게 말하고 물을 세게 틀고 그릇을 헹군 다음, 마른행주로 닦아 식기 건조대에 차곡차곡 정리했다. 그러고 나서 방으로 가서 운동 가방을 들고 나와 이렇게 소리쳤다.

"말도 안 돼, 거짓말이야! 그런 시골에 공항은 무슨!"

17

"그런 깡촌이 아니면 공항이 들어설 수 없는 법."

아빠는 마치 명언처럼 말했다. 보스턴백을 손가락으로 들어 어깨에 훌쩍 걸쳐 메고 현관으로 걸어 나가면서.

"활주로를 만들려면 어마어마하게 넓은 땅이 필요해. 게다가 마을에서 떨어져 있어야 소음이다 뭐다 해서 반대하는 사람도 적을 테니까."

"혹시, 오늘도 비행기로 가?"

나는 황급히 물었다.

"당연하지. 말 안 했던가? 운항 편수가 많지는 않지만

그래도 하루에 몇 편은 뜨거든."

그렇게 중요한 걸 지금껏 말하지 않은 것에 와락 화가 났지만 아빠의 말을 듣다 보니 생각났다. 몇 년인가 전에 신공항이 완성됐다는 뉴스를 본 기억이 났다. 왜일까, 그때는 할머니 집 근처일 거라고는 생각하지 못했다.

"비행기, 오랜만에 타지?"

아빠가 소리 없이 웃었다.

"응."

나도 따라 웃었지만 타는 건 나에게는 큰 관심거리가 아니다. 비행기를 좋아한다고 말하면 어른들은 당연히 타는 것을 좋아할 거라고 생각해 버린다.

하지만 나는 보는 것을 좋아한다, 그것도 굉장히.

내가 정말로 좋아하는 것은 비행기를 보는 것인데, 비행기 안에서는 그럴 수가 없다. 나는 그게 정말이지 싫다.

그렇게 나는 비행기로 시골에 왔다. 공항 건물은 주변의 잡초를 뽑고 그 자리에 커다랗고 흰 상자를 덩그러니 가져다 놓은 느낌으로, 빈말이라도 멋지다고는 할 수 없었다. 하지만 아직 남아 있는 새 건물 특유의 냄새는 나를 흥분시키기에 충분했다. 할머니 집과 가깝다는 것도 거짓말이 아니었다. 하여간 산책할 수 있는 거리였다. 차로 간다면 5분도 걸리지 않을 것이다. 여름 한 철을 내내 그 옆에서 보낼 수 있다는 것도 가슴 설렜다.

"어이쿠, 많이 컸네."

할머니는 부엌에서 나와 현관에 들어서는 나를 보고 반겼다.

"할머니, 안녕하세요."

나는 꾸벅 인사를 했다.

할머니는 미소 띤 얼굴로 나를 보았다. 고작 10초 정도였지만 애니메이션 한 회를 다 본 것만큼이나 길게 느껴졌다.

"무지무지 맛있는 우엉조림을 하던 참이었어."

할머니는 그렇게 말하고 다시 부엌으로 들어갔다.

"어여 들어와서 거실에서 잠깐 기다리렴."

아빠는 바쁘다는 핑계로 나만 두고 미련 없이 다음 편 비행기로 돌아가 버렸다. 무지무지 맛있는 우엉조림도 먹지 않고.

외할머니는 그닥 할머니 같아 보이지 않았다. 걸음걸이도 빠릿빠릿해서, 마당의 자갈길을 걸을 때면 때그락 때그락 요란한 소리와 함께 턱 밑까지 오는 까만 머리칼이 헐거운 용수철을 튕기듯 토옹, 토옹 찰랑거렸다.

이튿날 아침, 할머니는 나를 공항에 데려다주었다. 물론 내가 졸랐다.

완만한 커브가 이어지는 외길 주변에는 드문드문 집들이 늘어서 있지만 거기서 조금만 더 걸어가면 온통 밭과 논뿐이다. 숲 내음도, 물 내음도, 거기다 어째서인지 흙 내음마저 나지 않아서 빛바랜 그림 속에 들어온 느낌이다. 빛깔도 냄새도 없는 메마른 여름 바람을 힘껏 들이마시자 더운 여름 공기만이 코와 목구멍 속으로 흘러 들어 왔다. 여름 숲이지만 초록이 짙지 않은 퍼석퍼석한 갈색 잡목림이 이어지는 길을 오른쪽으로 끼고 돌아가자, 느닷없이 왕복 4차선의 큰길이 나타났다.

몇 대의 공항 셔틀과 리무진 버스가 먼지와 시커먼 매연을 내뿜으며 지나가자 금세 잠잠해졌다. 도로는 몹시도 휑뎅그렁해 보였다. 할머니와 나는 넓은 강물 속으로 서서히 들어가듯이 횡단보도를 건넜다.

나는 하늘 저 너머에서 날아오는 비행기들을 하나하나 가리키며 할머니에게 설명했다. 시험문제를 틀렸을 때 '√' 표시를 하는 정도로 간략하게. 멀리 있는 비행기들까지 기체 종류와 항공사 이름 따위를 능숙하게 알아맞히는 나를 보며 할머니는 무척이나 감탄했다.

넓은 교차로를 빙 돌았을 때 할머니가 물었다.

"하긴, 어제 오는 길에 벌써 봤겠구나?"

"그래도 들어가 볼래요. 어제 다 못 봤어요."

가까운 곳에 마음껏 구경할 수 있는 공항이 있는데 여기서 돌아간다는 건 말도 안 된다. 나는 비행기를 볼 수 있는 2층으로 올라가 유리창에 손을 짚고 밖을 내다보았다. 어딘가를 가는 것도, 어딘가에서 돌아온 것도, 누군가를 배웅하거나 마중 나온 것도 아니다. 아무 목적 없이 순수하게 비행기만을 보기 위해서 공항에 있을 수 있다는 사실이 꿈만 같았다.

활주로에 내려앉는 비행기, 박차고 날아오르는 비행기, 움직이지 않고 물개처럼 가만히 있는 비행기. 그것들을 하루 종일 눈에 담을 수 있는 것이다.

"하지메. 할머니가 이렇게 묻는 게 좀 뜬금없을지도 모르겠는데…."

옆에 있는 긴 의자에 앉아 있던 할머니가 빨간 치마 속의 다리를 바꾸어 포개며 입을 열었다.

"비행기를 그렇게 많이 봐도 통 질리지 않는구나?"

"죄송해요. 할머니 먼저 집에 가실래요?"

나는 하늘에서 시선을 떼지 않은 채로 유리에 비친 할머니에게 대답했다.

"너 혼자 두고 갈 순 없지. 내일 또 와서 보는 건 어떻
겠니? 할머니도 밥 준비를 해야 하거든."

어째서 비행기라면 시간 가는 줄도 모르고 푹 빠지게
되는지, 내가 생각해도 알 길이 없었다. 아직도 흥분이
가시지 않은 채로 널따란 주차장을 반 바퀴 돌아서 비행
장을 나왔다. 공항까지 걸어간 거리보다 그 안에서 돌아
다닌 거리가 더 길었다.

"내일 또 와도 돼요?"

나는 여전히 들뜬 목소리로
물었다.

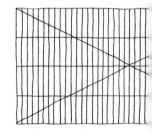

"그럼, 물론이지."

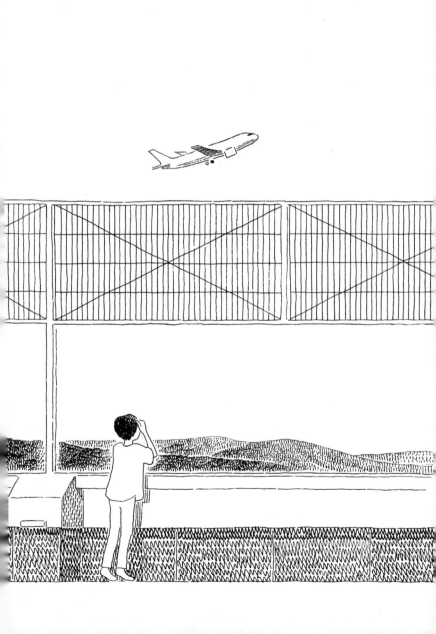

좌우를 거듭 살피며 큰길을 건너던 할머니가 문득 나에게 물었다.

"혹시, 매일 이렇게 올 거냐?"

"으음, 그럴 거 같아요. 한 번씩은 꼭이요."

"한 번씩은 꼭?"

할머니는 횡단보도 한가운데서 멈춰 섰다. 하루에 몇 번이고 공항 구경을 간다는 생각은 미처 하지 못했던 모양이다. 그리고 못 말리겠다는 듯이 빙그레 웃었다.

"하지메, 넌 날 보러 온 게 아니고 비행기를 보러 온 거구나."

"아, 아니에요."

나는 눈을 동그랗게 떴다.

"호호호, 애도 참. 장난으로 해 본 소리야."

할머니는 농로에 들어서기 전에 가냘픈 줄기에 매달린 보라색 꽃을 한 송이 꺾었다. 한참을 망설인 끝에 가장 작은 것으로 골라서.

할머니 집에는 거실 천장 한구석에 꽤 큰 새장이 매달려 있다. 군데군데 녹이 슨 새장 안에 새 대신, 편지지로 보이는 종이가 접혀 있고 마른 꽃이 함께 들어 있다.

할머니는 새장 안에서 작은 물 그릇을 꺼내 물을 담아 오더니, 방금 꺾어 온 보라색 꽃을 띄워 사뿐히 안에 들여놓았다.

다음 날부터 공항에는 혼자서 갔다. 하루도 빼놓지 않고.

이따금 어디선가 차가 튀어나와서는 다시 어디론가 달려간다.

어디선가 리무진 버스가 나타나서 사람들을 데려간다.

여름 하늘을 뒤덮을 듯한 뿌연 먼지를 피워 올리면서.

내가 아닌, 다른 사람들을 태우고 내려놓기 위해서 비행기는 아침에도 저녁에도 날아오르고, 날아 내려온다.

뭉게구름 옆에서.

저녁노을 속에서.

저물어 가는 하늘에 떠오른 달의 뒤편에서.

초등학교 5학년 여름방학을, 다만, 가로질러 간다.

그때의 나는 생각했다. 만약, 이 세상에 정말로 아름다운 것이 있다면, 그것은 내가 결코 탈 리 없는 비행기와 닮았을 거라고.

8월 13일, 오봉 시작 첫째 날

오봉 항공의 비행기

"다녀오렴."

그날도 할머니는 부엌에서 나를 배웅했다. 처음 며칠은 현관까지 나왔지만 하루도 빼놓지 않고 오전과 오후에 한 번씩 나가다 보니 할머니는 오래지 않아 현관까지 나오지 않고 부엌에서만 인사를 건넸다.

"차 조심하고."

이제 여름방학이 며칠 남지 않았다.

2주일이 눈 깜짝할 사이에 지나갔다.

한마디로 말하면 '즐거웠다.'

만약 그림일기를 그렇게 쓴다면 선생님에게 야단맞을 것이다. 자세하게, 꼼꼼히 쓰고 그리라고. 하지만 대자연 속에서 뛰어놀았던 것도 아니고, 딱히 다시없는 소중한 체험을 한 것도 아니다. 그래도 나는 즐거웠다.

나는 할머니가 지어 주는 밥을 먹었다. 아빠가 해 주는 밥과 비교하면 하늘과 땅 차이였다. 밥이라는 것을

처음으로 알게 된 것만 같았다. 튀김이나 햄버그스테이크처럼 외식하러 나갔을 때나 마트의 반찬 코너에서나 구경해 본 것들이 상에 올라오는 것이 놀라웠다. 이런 반찬을 집에서도 만들 수 있구나, 싶어서.

"그러게."

할머니는 우엉을 볶으면서 등으로 말했다. 달달달 볶는 소리에 섞인 할머니의 목소리도 볶아지는 것 같았다.

"사 먹는 게 편하지. 그게 오히려 돈도 덜 들고."

"그런데도 직접 만들어요?"

나는 물었다. 부엌 식탁에 팔꿈치를 짚으면서.

"그래도 직접 만드는 게 맛있어서요?"

"사 먹는 게 맛있을 때도 있어."

할머니가 웃었다.

그럼 왜 집에서 만들지? 만드는 게 즐거워서?

할머니는 가스 불을 껐다. 그리고 기다란 나무젓가락을 든 채로 허공을 바라보며 말했다.

"우엉조림을 사 오면 우엉조림을 사 온 거지?"

"예?"

우엉 볶는 소리가 멎자 할머니의 목소리는 잘 들렸지만 무슨 말인지 몰라 되물었다.

"우엉조림이란 건 없다는 말이야."

"그게 무슨 말이에요?"

"우엉조림이 있는 게 아니라, 사실은 우엉과 당근과 대두로 만든 간장과 설탕과 맛술과 참깨와 고추 같은 게 있는 거야. 완성된 우엉조림만 사 먹으면 그런 재료들이 있다는 것을 알 수가 없겠지? 할머니는 그게 싫어서 직접 만들어 먹는지도 모르겠구나."

"아, 그렇구나."

먹는 사람한테는 다 만들어져 나오는 '우엉조림'만 보이기 때문에 다르다고 생각하지 않을 수도 있다. 그런데도 뭔가 다른 것 같은 느낌이 드는 것이 신기하다.

"뭐, 그냥 재료 때문에 그렇기도 하고. 할머니가 이래 봬도, 재료 하나하나를 꼼꼼히 따져서 사거든. 어디에서 왔는지, 어떻게 키웠는지 말이야."

할머니가 음식 재료를 살 때는 웬만하면 근처 아는 사람 밭에서 나온 것을 샀고, 주문을 하는 경우에도 원산

지를 꼼꼼히 살피는 것 같았다.

밤이 되면 할머니는 내 숙제도 봐줬다.

맛있는 밥을 먹고, 공부를 하고, 그 외의 모든 시간은 공항 구경을 하면서 보냈다. 그림일기로 그리면 날마다 완전히 똑같은 그림일 거다.

그날도 현관에서 운동화를 신는데 등 뒤에서 할머니 목소리가 날아왔다.

"돌아오는 길에 꽃 한 송이 따 오는 거, 잊지 마라. 되도록 작은 것으로, 칸나 같은 커다란 꽃 말고."

8월 13일, 느지막한 오후. 나는 간식을 먹고 오전에 이어 두 번째로 공항 나들이를 갔다.

평소와는 다른 각도에서 공항을 보고 싶어서, 나는 큰 길을 건너 입구와 반대 방향인 왼쪽으로 걸어갔다. 비행장 주위를 넓게 둘러싸고 있는 철조망을 따라가자 공항 건물과 활주로가 점점 멀어졌다. 철조망과 공항 부지 사이에 있는 너른 빈터에는 아직은 초록 옷을 입고 있는 여름 억새가 우거져 있었다.

해가 짧아진 모양이다. 태양은 이미 기운을 잃었고, 공

항 위를 뒤덮은 하늘이 엷게 그을린 듯 불그스름한 보랏빛으로 바뀌어 가고 있었다.

"어?"

언뜻 보니, 처음 보는 땅딸막한 비행기가 날아오고 있었다.

"비행선인가?"

나는 철조망에 찰싹 달라붙었다.

마치 보는 위치에 따라서 달이 크게도 작게도 보이는 것처럼, 그것은 내려오면서 크기가 계속 달라졌다.

잘못 본 건가. 소형기처럼 보이던 것이 어느새 점보기로 보이고 형태도 일정하지 않았기 때문에 몇 번이고 눈을 비비고 다시 보았다.

그것은 비스듬히 내리비치는 햇살을 받으며 맨 끝에 있는 활주로에 착륙했다. 그리고 바닥에 닿은 순간, 소리도 없이 납작해졌기 때문에 나는 하마터면 소리를 지를 뻔했다.

그것은 그대로 통통 튀듯이 공항 건물에서 멀어지더니, 얌전히 서 있는 다른 비행기들 사이를 빠져나가 마침내 활주로를 벗어났다. 그러고는 억새가 무성한 빈터를 가로질러 달려오고 있었다, 내가 있는 철조망을 향해서. 기체에 억새 부딪치는 소리가 스스슥, 사사삭 요란하게 들렸다. 피해야 한다는 생각에 슬쩍 물러났을 때, 그것이 마침내 멈췄다. 그러고는 내 앞에서 슈욱 부풀어 올라 원래의 형태로 돌아온 듯이 보였다.

그리 크지 않은 180인승 중형기.

중형기도 가까이서 보니 거대했다.

"처음 보는 기체네."

어느 나라 항공사인가…. 철조망에 딱 붙어서 중얼거리던 나는, 지금 그게 중요한 게 아니라는 생각이 들었다. 공항 건물 쪽도 조용했다. 보통은 비행기가 활주로를 벗어나면 사고로 간주하고 분주하게 움직일 것이다.

그것이 정말로 '비행기'라면 말이지만.

BON VOYAGE(봉* 보야지)

기체 옆구리에 큼직하게 쓰여 있었다. 무슨 뜻인지 알수 없었다. 나는 철조망을 잡은 손가락에서 힘을 빼고 멍하니 그 글자를 바라보았다.

'아, 이렇게 멍청하게 있을 때가 아니지. 어떡해! 아무리 이상한 비행기라도 저렇게 엉터리로 착륙하면 승객이 위험할 건데.'

다시 가슴이 벌렁벌렁 뛰기 시작했다. 그때 탑승구가 열리고 계단이 뻗어 나왔다.

"트랩 내장형이잖아."

나는 엉겁결에 소리 내어 중얼거리고 말았다. 뭐, 그런 건 아무래도 상관없다.

뻗어 나온 계단 끝이 억새밭에 닿았는데도 승객은 모습을 드러내지 않았다. 내 뒤에 있는 도로에서는 차들이

* 일본에서는 본(BON)을 '봉'으로 읽는다.

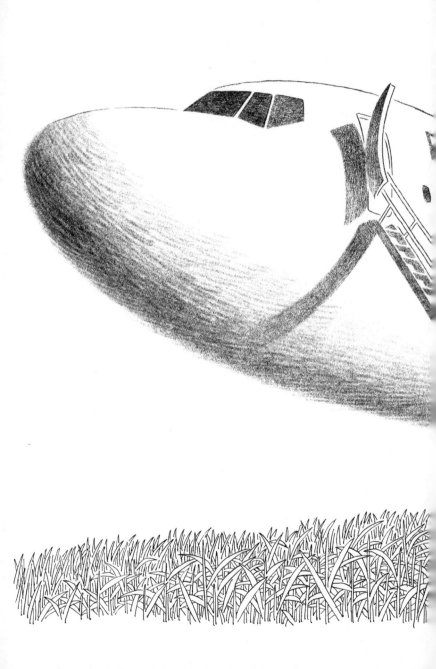

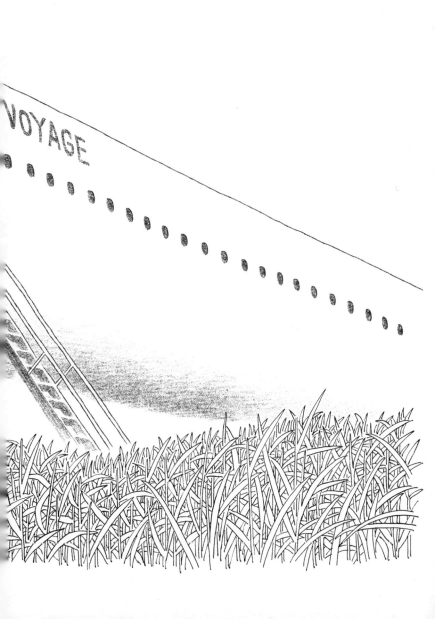

속도를 늦추지도 않고 쌩쌩 달렸다. 방금 눈앞에서 일어
난 일을 못 보았다는 듯이.

이윽고 비행기의 열린 문에서 자그마한 사람의 형체
가 나타났다. 작은 사람은 마치 외국의 정치가처럼 당당
하게 계단을 내려왔다. 주위를 둘러보며 손이라도 흔들
것 같았다. 하지만 지금 생각해 보면 그 아이는 '슬픔'으
로 가득했는지도 모른다. 슬픔은 아무래도 사람을 물처
럼 천천히 움직이게 하는 모양이니까.

그 아이 말고는 더 내리는 사람은
없었다. 편하고 부드러워 보이는 옷
은 긴 셔츠 같기도 하고, 서양 아이
들이 입는 잠옷 같기도 했다.

계단을 다 내려온 아이는 초록
억새에 머리까지 파묻히다시피
했다. 기체는 흐물거리며 서서
히 찌부러지더니 마치 도롱뇽
같은 모양이 되었다. 그것이
한숨을 한 번 내쉬고 몸부림

을 치자 다시금 말린 생선처럼 납작해졌다. 마침내는 기
름에 뜬 물방울이 증발하듯이 탁하게 빛나다가 순식간
에 온데간데없이 사라져 버렸다.

억새에 가려 모습은 보이지 않았지만 유일한 승객인
그 아이는 비행기가 사라진 후에도 그것이 여전히 거기
에 있는 것처럼 한동안 물끄러미 바라보고 있었다.

"저기…."

나는 보였다 안 보였다 하는 그 작은 등을 향해 말을
건넸다.

그 애가 돌아보았다. 그리고 사라진 기체를 바라보듯
이 나를 빤히 보았다.

"다른 사람은 없어? 저렇게 큰 비행기에 혼자 타고 온
거야?"

그렇게 소리쳐 본 건 오랜만이었다. 감기에 걸렸을 때
처럼 공기가 아닌 것이 목을 통과하는 느낌이었다.

그 애는 초록 억새를 헤엄치듯이 가르면서 내 쪽을 향
해 걸어왔다.

"그래-."

그렇게 대답하면서 내가 있는 철조망 옆으로 오더니,

평영을 하는 자세로 철조망을 통과했다.

"앗."

나는 깜짝 놀라 뒤로 홱 물러나다 그만 가드레일에 엉덩이를 부딪쳤다. 그 바람에 하마터면 차도로 굴러떨어질 뻔했다.

"보고도 몰라?"

그 애는 물을 가르듯이 움직이던 손으로 내 티셔츠 소매를 사뿐히 잡았다. 뒤로 넘어지지 않도록 잡아 준 것 같기도 하고, 어쩌다 보니 내 소매를 잡은 것 같기도 하다.

"나 혼자야."

"혼자."

나는 되풀이했다. 좁은 인도에 그 애와 거의 딱 붙다시피 마주 보고 서자 괜히 초조해졌다.

"어어, 그리고, 너는 뭐야? 설마 네가 비행기를 조종하고 온 건 아니지…?"

"내가 뭐냐고?"

그 애는 당돌하게 가지런한 앞머리 아래의 눈망울을 뙤록거리며 되물었다. 그러더니 스윽 까치발을 하며 나를 올려다보았다.

"유령이다 왜!"

"유령."

나는 또 그 애의 말을 따라 하고 말았다. 하지만 몹시도 해괴한 비행기와 어린아이가 철조망을 통과하는 모습을 직접 두 눈으로 본 뒤라서 반응이 좀 무뎠을 것이다.

유령.

유령이라고. 맞아 맞아, 그거 들어 본 적 있어.

그런데 그게 뭐였더라?

"놀랐어?"

그 애는 기대가 빗나갔는지 그렇게 물었다.

"놀랐어."

"그런 걸, 앵무새처럼 따라 한다고 하는 거야."

그 애는 한심하다는 듯이 얼굴을 찡그렸다.

"유령 처음 봤어?"

똑바로 대답해야겠다고 생각하자, 금세 입술이 말라 딱 달라붙어 버렸다. 허둥지둥 입을 벌리자 이번에는 복화술 인형처럼 쩍 벌어져 버렸다. 결국,

"처음 봤어."

하고 앵무새처럼 또 그 애의 말을 따라 해 버리고 말았다.

"너, 운 좋은 줄 알아."

그 애는 이번에는 한심해하지 않았다. 눈망울을 뙤록거리며 생긋 웃기까지 했다.

"잘 봐 둬. 어쩌면 마지막 유령일지도 모르니까."

흘러내리는 양말

"아, 어어."

나는 그렇게 바보처럼 반응하고 말았다. 뭐라고 대꾸해야 할지 퍼뜩 떠오르지 않았다. 유령을 본 것도 처음이었고, 더구나 마지막 유령이라니까.

"뭐 물어볼 거 있어?"

그 애는 말했다. 그리고 뒷걸음질로 인도를 걷기 시작했다. 내 얼굴을 말똥말똥 쳐다보면서.

해 질 녘처럼 가냘팠던 햇살이 다시 뜨겁게 내리쬐기 시작했다. 빛이 일직선으로 뻗어 나가는 대신 빙그르르 돌면서 내리쬐는 듯한 하얀 여름 하늘이 다시 모습을 드러냈다. 마치 하늘 자체가 빛나는 것 같다. '아까는 금방이라도 땅거미가 질 것 같았는데 이상하네' 생각하면서도 나는 묵묵히 따라갔다. 강한 햇살을 마주 보니 눈이 부셨다. 그 애는 계속 뒷걸음질치면서 횡단보도를 건너기 시작했다.

"위험해."

나는 말하면서 황급히 좌우를 살피며 쫓아가 물었다.

"물어볼 거?"

"나를 불렀잖아, 저기-, 라고."

그 애는 말했다. 그리고 그대로 뒷걸음질치며 농로와 이어진 완만한 언덕을 올라갔다.

"할 얘기도 없으면서 부른 거야?"

모르는 게 너무 많아서 무엇부터 물어야 할지 모르겠다. 그 애를 따라가다 보니 복사뼈까지 올라오는 양말이 더는 끌어당기는 힘에 저항하지 못하겠다는 듯이 갑자기 흘러내리기 시작했다. 그 아이를 계속 따라가면서 나는 종종 발을 들고는 운동화 속으로 흘러내린 양말을 손가락으로 끌어올렸다.

"그럼, 물어볼게. 그 비행기, 어느 항공사 거야?"

"기껏 물어본다는 게 그거야…."

그 애는 콧방귀를 뀌고, 등에도 눈이 달린 것처럼 뒷걸음질로 한쪽 발씩 번갈아 깡충깡충 뛰어갔다.

"오봉 항공이야."

"오봉?"

나는 복사뼈 양말을 끌어올리면서 쫓아가려다 비틀거렸다. 유럽 어느 나라에 '본'이라는 도시가 있을지도 모르지.

"외국 항공사야?"

"뭐, 외국 거라고 할 수도 있고. 유령 나라의 비행기야. 이 시기에만 임시로 다녀. 손님을 가득 싣고. 예약하기도 얼마나 힘든지 몰라."

"여름에 손님이 많이 몰리나 보네."

짙은 나무 그림자가 드리워진 농로를 뒷걸음으로 깡충거리며 가는 여자아이와 이따금 다리를 번쩍 들어 올리고 양말을 끌어올리는 나. 어쩌면 내가 모르는 어느 나라에 이런 민속춤이 있을 것도 같다.

"당연하지. 모두 인간 나라로 돌아오니까."

"아."

나는 소리쳤다.

"나도 들은 적 있어. 오봉*이 그 오봉이었구나."

"맞아. 아까부터 그렇다고 말했는데 몰랐어? 오늘이 오봉 첫날이잖아."

그 애는 웃었다. 그러자 살짝 안으로 말린 머리카락이 턱 옆에서 흔들렸다. 옷자락도 새 깃털을 묶어 만든 빗자루처럼 허공을 사뿐히 쓰다듬었다. 그런 모습이 유령다운지는 모르겠지만 인간에게서 느껴질 법한 무게감은 없었다. 수면에 흩어지는 은빛 알갱이처럼 있으면서도 없는 것 같다.

이맘때를 오봉이라고 하는 건 알고 있었다.

그런데, 그게 뭐였더라.

복사뼈를 착 감싸야 할 양말은 마치 눈사태가 난 것처럼 끌어올려도, 끌어올려도 계속 흘러내렸다. 민속춤

---

* 우리나라의 추석과 비슷한 명절로, 대체로 양력 8월 13일에서 16일까지 나흘 동안이다. 첫날에 조상의 영혼을 맞이하고, 마지막 날에 보내 드리는 의식을 한다.

이 절정에 다다른 것처럼 속도가 점점 빨라지더니 한쪽 발씩 흘러내리던 양말은 마침내 양쪽이 동시에 흘러내렸다. 내 걸음이 늦어지면서 유령 아이와의 거리가 자꾸 벌어졌다.

오른쪽과 왼쪽, 어느 쪽을 끌어올리지? 그렇게 잠깐 망설인 순간, 양말의 뒤쪽 고무단이 마침내 발꿈치 밑으로 도르르 내려가 버렸다. 대항해시대의 배가 희망봉을 통과한 순간, 이미 시대는 돌이킬 수 없다. 양말이 발꿈치 밑으로 내려갔다는 건 것은 바로 그런 것이다.

멈춰 서려다 얼떨결에 종종종 몇 걸음 나아가자 양말은 이미 발바닥의 움푹 들어간 한가운데를 지나 운동화 앞부리까지 밀려났다.

굴욕감을 느낀 나는 운동화를 한쪽씩 벗어 손가락을 운동화 앞부리에 집어넣고, 빨대 포장지처럼 구깃구깃 말려 있는 양말을 끄집어내서 다시 신었다.

초등학교 3학년 때, 나는 방학 과제로 '양말과 운동화의 관계'를 관찰하여 보고서로 정리한 적이 있다. 양말이 아무리 발에 잘 맞아도, 고무단이 아무리 팽팽해도 알 수 없는 이유로 양말이 흘러내리는 경우가 있다. 관찰 결과, 특정 운동화를 신은 경우에만 양말이 흘러내렸다. 그렇다고 운동화의 문제도 아니었다. 다른 양말을 신었을 때는 흘러내리지 않았으니까.

나는 양말과 운동화의 관계를 살펴보기 위하여 운동화 다섯 켤레와 양말 열세 켤레를 준비했다. 그중 복사뼈까지 오는 양말이 여덟 켤레였다. 그러니까 총 65가지 조합을 시험해 본 것이다. 한 조합당 10분 동안 신고 걸어 보는 방법으로. 시험해 본 결과를 모두 그림으로 그려 표로 정리하고 보니, 수십 쪽 분량의 두툼한 보고서가 되었다.

"다쓰미는 역시 아버지를 닮았구나."

나의 대작을 받아 든 담임선생님은 나를 일부러 복도로 불러내 그렇게 말했다.

"예? 알고 계셨어요?"

"그럼, 알다마다."

나는 몰랐다. 아빠도 양말이 흘러내리는 것 때문에 골치 아파했다니.

"와하하하! 그게 아니라."

선생님은 아이들이 돌아볼 정도로 온 복도에 쩌렁쩌렁 울리도록 큰 소리로 웃었다.

"유명한 화학자란 걸 알고 있단 말이야."

"아아."

나는 고개를 끄덕이긴 했지만, 양말 연구와 약 연구는 별로 비슷한 점이 없는데, 라고 생각했다.

아빠는 제약 회사에서 신약을 개발한다.

정신을 차리자, 어느새 논을 가로질러 흐르는 시내 앞에 서 있었다. 그 애는 역시 뒷걸음질로 오래된 나무다리를 건너기 시작하더니 한가운데쯤에서 멈춰 섰다.

"인간들 사이에서, 그런 걸음걸이가 유행이야?"

"아니."

나는 양말과 운동화를 벗었다 다시 신고는 천연덕스럽게 말했다.

"그냥, 양말이 말을 안 들어서 그래."

"만날 그렇게 내려가?"

"아니. 전에는 이런 일 없었어."

나는 딱 잘라 부인했다. 시골에 올 때, 연구 결과를 바탕으로 확실한 조합으로 골라 왔다.

"아, 그래. 이름이 뭐야?"

"하지메. 다쓰미 하지메. 너는? 유령한테 이름이 있는지 없는지는 모르지만."

"네무."

그 애는 멋쩍었는지, 아니면 기분이 상했는지 별안간 뚱한 얼굴로 가로로 놓인 다리의 널빤지를 내려다보았다. 그런데 이름이란 참 신기하다. 유령이라든가, 그 애라고 하면 친해지기 어려울 것 같은데 '네무'하고는 왠지 말이 통할 것 같은 느낌이 든다.

"네무, 왜 혼자 왔어?"

나는 그제야 마음이 편안해져서 묻기 시작했다. 나무다리의 널빤지에는 작은 틈이 벌어져 있어서 발바닥에 강의 물살이 이는 듯한 착각이 들었다.

"이맘때 오봉 항공은 초만원일 텐데."

"으음, 그렇게 생각할 수도 있지."

네무는 나무 난간에 몸을 기댔다. 그 난간

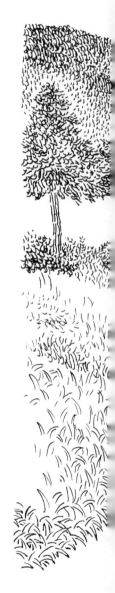

너머로 시냇가의 키 작은 푸릇푸릇한 풀이 바람에 흔들리는 것이 보였다. 맑디맑은 물이 얕게 흐르고, 양쪽 물가에 난 풀들이 그대로 수초로 이어지는 것 같다. 바람에 흔들리는 풀과 물살에 너울거리는 수초는 마치 서로 다른 악기가 같은 음악을 연주하는 느낌이다.

"유령이란 걸 알고 있었어?"

"응, 조금."

"얼마 전까지는 유령이 많이 있었어. 지금은 줄어들었지만."

"왜?"

"나도 그 이유를 알고 싶어."

네무는 어떻게도 표현할 수 없는, 엷은 얼굴을 했다.

"유령 나라에서는 유령이 점점 줄어들고 있어."

"유령 나라."

다시 들으니 이상했다. 상상이 잘 안 됐다.

"그래, 그곳의 유령 인구가 줄어들고 있다고. 인구라고 말하는 게 맞나? 그건 잘 모르겠지만."

네무는 과장되게 한숨을 내쉬었다.

"올해는 오봉 항공의 비행기를 탄 손님도 스무 명뿐이

었어."

"스무 명?"

나는 당황스러웠다.

"아까 그 비행기에? 하지만…."

"그래, 그것도 날아오는 동안 한 명, 두 명 사라졌어. 마지막에는 조종사까지 사라져 버렸지. 그래서 그렇게 이상하게 착륙한 거야."

네무는 고개를 떨구었다.

"유령도 한 명, 두 명이라고 하는구나."

나는 어떻게 반응해야 할지 몰라서 그렇게 중얼거렸다.

"유령 나라는 멀어? 비행시간은 얼마나 돼?"

"글쎄."

네무는 강 쪽으로 돌아서더니 난간에 턱을 괴고 말했다. 옆에서 보아도 머리카락에 가려진 뺨이 볼록한 것을 알 수 있었다. 어린아이도 뛰어넘을 수 있을 정도로 야트막한 난간. 투명한 강바닥에서 하늘거리는 풀이 손에 잡힐 듯이 보였다. 수면에 떨어지는 햇살이 없었다면 물이 있다고 생각하지 못했을지도 모른다.

"멀다고도 할 수 있고, 가깝다고도 할 수 있지. 가려고
만 하면 지금 당장이라도 갈 수 있고, 가기 싫다고 생각
하면 영원히 갈 수 없어."

"그럼, 여기에 자주 놀러 오는 유령도 있어?"

"그게, 그렇지가 않다니까."

네무는 말했다.

"엄청난 '숨결'의 힘이 필요하거든."

"숨결? 들이마시고 내쉬는 그 숨의, 숨결?"

"마음이나 생각, 그런 걸 숨결이라고 해."

혹시, 호흡과 비슷한 건가, 생각하고 나는 물어봤다.

"우아. 한자도 아네."

네무는 난간에 턱을 괸 채로 재주도 좋게 목만 이쪽으
로 돌렸다.

"그럼 알지. 꽤 많이 아는걸."

마사루만큼 많이 알지는 못해도
한자 쓰는 건 잘하는 편이다. 아빠는
어릴 때부터 이과 쪽이었는지 그런
나를 보고는 감탄할 때가 많다.

"오봉은 특별해."

54

네무는 말하고, 다시 강 쪽으로 고개를 돌렸다.

"1년에 딱 한 번, 유령들이 함께 숨결을 모아. 비행기도 띄울 수 있을 만큼 엄청나게 많이."

그렇다면 오봉 항공은 이제 끝인 거다. 승객만 사라진 게 아니라 연료도 완전히 떨어진 거나 마찬가지니까. 혹시 납작해져서 사라진 것은 비행기도 숨결이란 것으로 이루어졌기 때문인지도 모른다.

만약 돌아가는 비행기가 없다면 네무는 유령의 나라에 돌아갈 수 없는 걸까?

강하게 보이려고 일부러 좀 건방지게 구는 건가? 가슴이 아파서 나는 잠자코 하늘을 올려다보았다. 하늘은 환한데 태양이 보이지 않는다. 그러고 보니, 아까부터 비행기도 날아다니지 않는다.

왠지 이대로 언제까지나 오늘일 것 같은 기분이 든다.

왜일까. 이 오봉 첫째 날이 계속되길 바라는 것 같은 기분이 드는 건.

내가 유령이란 것에 관심이 있는 건가? 아니면, 네무

에 대해서 더 알고 싶어서? 어쩌면 2주 동안이나 친구들과 이야기하지 못해서 그런 기분이 드는지도 모르겠다. 네무는 친구라기보다는 어린아이지만.

네무도 내가 유령에 관심을 갖길 바라는지 아닌지는 알 수 없다. 하지만 곰곰 생각해 보면, 친구란 그런 것이다. 마사루와 신과도 딱히 이유가 있는 것도 아닌데도 어울려 다닌다.

"더 물어볼 거 있어?"

네무는 말했다. 여전히 난간에 턱을 괸 채로. 온몸의 힘이 쑥 빠져서. 마치 비가 그치길 기원하며 처마에 매달아 두는 데루테루보즈 인형처럼 목이 매달려 있는 것 같다.

"정말로 뭐든 다 물어봐도 돼?"

"그래, 지금은 다 물어봐도 돼."

네무는 몹시 의욕이 없어 보이는 목소리로 대답했다.

"오봉 캠페인 중이거든."

"좋아, 그럼."

나는 온갖 질문을 쏟아 낼 준비를 했다. 네무도 내 질문에 대답하기 위해 난간을 칠판인 양 등지고 섰다.

그렇게 유령 학원의 여름방학 특강이 시작되었다.

1교시 '대체 어디에 있는가'에 대해서

"가까이에 있다고 할 수도 있고, 멀리 있다고 할 수도 있다고 했잖아. 잘 생각해 보니까, 그 말은 이상해. 유령 나라가 진짜 있기나 한 거야?"

나는 질문했다. 손은 들지 않았다. 다리 위에서 하는 학원 놀이.

"에헴. 있는지 없는지 물었으니까 대답할게. 있어."

네무는 몸을 조금 일으키더니 헛기침을 하고는 그렇게 대답했다.

"콕 집어 정확한 위치를 말할 수 없을 뿐이야."

"어디에 있는지 모른다고?"

"어디에 있는지는 알아. 비행기도 다니잖아. 다만, 콕 집어 여기, 라고 말할 수는 없다는 거지.

"흐음."

나는 신음했다. 갑자기 네무의 말을 따라가기

가 버거웠다.

"현실이 아니라 머릿속에 있다, 뭐 그런 얘기야?"

"머릿속에 있는 것도 현실에 있는 거 아냐?"

"음⋯."

나는 이마를 긁었다.

"다른 방식으로 물어봐도 돼? 어디에 있는지도 모르는데, 어떻게 돌아갈 수 있어?"

"멀고도 가깝다고 말했잖아."

왜 그렇게 못 알아듣는 거야, 하는 듯이 네무는 팔짱을 꼈다.

"유령의 나라는 어디에나 있어. 그러니까 여기에도 있다고."

"여기라면, 여기?"

나는 손가락으로 발밑을 가리켰다.

"그래. 겹쳐 있어."

"같은 곳에 있단 말이야?"

"그렇다고 할 수도 있고, 그렇지 않다고 할 수도 있지."

"무슨 말인지 하나도 모르겠다."

나는 정수리를 긁적긁적했다.

"머릿속이 근질근질해졌어. 맞다, 속!"

네무의 눈이 반짝 빛났다.

"역시 하지메야! 가깝고도 멀어서 다다를 수 없어. 그건 그러니까, 종이의 앞면과 뒷면 같은 것일지도 몰라."

유령 학원 놀이를 하는 동안에도 양말은 모래시계처럼 주르르 내려갔다. 여기까지 이야기하는 동안 나는 양말을 한 번 끌어올렸다. 네무 선생님의 눈을 피해서 몰래.

모래시계를 뒤집어 놓듯이.

2교시 '어떤 식으로 있는가'에 대해서

"그래, 하지메가 좋아하는 양배추롤에 빗대서 말하면 되겠다."

네무는 말했다. 다리 난간에 비스듬히 기댄 모습이 어엿한 선생님처럼 보였다.

"내가 양배추롤을 좋아한다는 거, 어떻게 알았어?"

나는 깜짝 놀랐다.

"그냥 한번 말해 본 거야. 양배추롤 얼굴을 하고 있어서."

"내가 그랬어?"

나는 엉겁결에 뺨을 만져 보았다.

"에이, 장난이야. 그런 얼굴이 어딨어."

네무의 말은 비유였다.

"양배추롤의 양배추를 유령의 나라, 안에 든 다진 고기를 인간의 나라라고 해 봐. 고기를 싸고 있는 바깥의 양배추를 씹을 때는 양배추구나 생각하고, 고기 부분은 고기라고 생각하잖아. 하지만 양배추에는 고기즙이 스며들어 있고, 고기에는 양배추 맛이 스며들어 있어. 유령의 나라와 인간의 나라는 그런 식으로 되어 있는 거야."

우아, 엄청 맛있는 비유다. 그러고 보니, 저녁 먹을 시간이 다 됐을 텐데 웬일인지 배가 고프지 않았다.

"유령은 양배추 맛처럼 이쪽 세계에 스며드는 거야?"

"맞아. 그러려면 아까 말한 것처럼 숨결의 힘이 필요해. 사람이나 다른 뭔가의 형태로 드러나야 하거든."

"난 형태 없는 유령도 있는 줄 알았지."

"그건 유령 나라에 있는 유령의 기척을 이쪽 세계에서 느끼는 경우고."

"양배추의 기척을."

"그래, 양배추의 기척을."

네무는 말했다.

"아, 칠판이 있으면 쓰고 싶어. 양배추의 기척, 이라고."

"칠판을 나오게 하면 되잖아, 숨결의 힘으로."

내가 말해 봤다.

"이제 이해한 모양이네."

네무는 나를 가리켰다.

"공부를 잘하는 학생인걸. 하지만 엄청 피곤해져, 숨결이란 걸 쓰면."

"유령의 나라에서는 모든 게 형태가 없어?"

"있어. 여기서보다 쉽게 만들어 낼 수 있어."

"그렇구나. 그 형태가 양배추라는 거구나."

나는 알 것 같은 기분이 들었다.

"맞아! 양배추는 양배추 모양 그대로는 고기의 세계

에 올 수 없어. 투명한 양배추 맛이 돼서 찾아온 다음, 고기와 하나가 되면서 이쪽 형태로 드러나는 거야."

네무는 조그만 얼굴을 쓱 들어 올렸다.

코 밑에 갑자기 팔자 모양 수염이 나타났다.

"앗!"

나는 놀라 소리쳤다.

"어휴, 놀랐잖아…. 그게 바로 숨결의
힘이지?"

"그래."

네무는 으스대듯 뒷짐을 지고 있었지만
수염은 조금씩 가늘어지더니 이내 사라졌다.

"헉… 헉…."

"힘들어?"

"내 모습을 바꾸는 게, 사실 힘이 가장 많이 들어."

네무는 입을 삐죽 내밀었다.

"그렇구나. 덕분에 나는 확실히 알 수 있었어."

나는 고개를 끄덕였다.

"잊어버리지 않도록 적어 두게 공책이랑 연필을 나타나게 해 줄래? 숨결의 힘으로."

"말했잖아, 힘들다고!"

네무는 화를 냈고, 나는 그만 웃음을 터뜨렸다.

아까부터 태양이 전혀 움직이지 않는다. 아니다, 정확히 말하면 태양이 어디 있는지 모르기 때문에 그렇게 느낄 뿐이다.

웃고 나자 갑자기 무서워졌다. 난간에 다가가 수면을 들여다보았다. 시냇물이 흐르고 있고, 수초는 물속에서 하늘하늘 춤추고 있다.

"다행이다."

"뭐가?"

"왠지 시간이 멈춘 느낌이었거든. 어느새 유령 나라의 맛이 푹 스며들어서 여기가 유령 나라가 돼 버린 줄 알았어. 설마 아니겠지?"

"그런 일은 거의 없지만."

네무는 나를 빤히 보고 나서 말했다.

"아주 없는 건 아냐."

"있기는 해?"

"여우에 홀린 것 같다는 말 들어 봤지? 그건 유령의 나라가 스며들어서 이쪽 나라가 유령의 나라가 되었을 때 그래."

네무는 두 손을 등 뒤로 돌려 뒷짐을 지고는 난간 앞을 왔다 갔다 했다.

"왜 그렇게 되는데?"

"나도 몰라."

네무는 말했다.

"숨결이 서로 만나서 그런 거래."

"흐응. 화학반응 같은 건가."

"뭐, 유령도 일부러 이쪽에 오는 일은 거의 없어. 심한 장난꾸러기거나 원한이 있지 않는 한은 말이야. 대부분은 자기 집에서 얌전히 지내다 오봉 때 찾아와."

"평범하게 지내는구나."

"사람이랑 똑같아."

"사람이랑 똑같아?"

"원래 사람이었으니까."

"사람이 죽으면 유령이 되는 거지?"

나는 목소리를 조금 낮추어 물었다.
조금 자신이 없었다.

"응. 하지만 죽었기 때문에 유령이 된

다기보다 사람의 형태에 더 이상 묶여 있지 않을 뿐이
야. 그래서 유령은 어떤 형태로든 될 수 있어. 숨결만 있
으면."

"그럼 말이야, 그렇다면."

나는 왠지 불안해져서 물었다.

"네무 너도 원래는 이 모습이었잖아? 그럼, 양배추인
네무도 있는 거야?"

"양배추인 네무도 이래. 지금, 그 형태로 만들어 내고
있는 거야. 그래서 많이 피곤해."

네무는 다시 엷게 웃었다.

"진짜라는 것은 없으니까. 다 진짜야. 비록 이 모습이
아니어도. 원래라는 것은 사실 없으니까, 어느 것이든
지 원래라고 할 수 있는 거야. 설사 이 모습이 아니라 해
도."

네무는 그런 식으로 설명했다.

여기까지 이야기했을 때 다시금 모래시계처럼 양말이
흘러내렸다. 나는 재빨리 양말을 끌어올렸다.

3교시 '유령이 생겨난 이야기'에 대해서

"유령의 나라는 언제 생겼어?"

나는 물었다. 어느새 우리는 걷고 있었다. 다리를 건너 시냇가로 내려갔다. 잡목이 우거진 숲과 논 사이로 난 시내를 따라가자 강폭이 차츰 넓어지면서 때로 꽤 널찍한 모래밭도 나왔고, 푸릇푸릇한 이파리 속에 이삭이 패기 시작한 갈대며 부들이 소리도 없이 묘하게 가만가만 살랑거렸다. 태양은 여전히 어디에 있는지 알 수가 없다. 빛은 자잘한 풀잎이며 이삭 하나하나에 그림자도 없이 딱 달라붙어 있을 정도로 고르게 비치고 있다. 모습은 보이지 않지만 간혹 멀리서 여객기의 메마른 소리가 희미하게 들리는 것 같기도 했다.

"처음에는 타라리타라리라, 이었대."

네무는 걸으면서 이야기했다.

"처음에는 타라리타라리라, 였어.

그뿐이 아니고, 란고리토우토우, 라고도 했어.

그러니까

타라리타라리라, 의, 란고리토우토우, 였던 거야."

"어?"

나도 모르게 목소리가 튀어나왔다.

"응."

네무는 아랑곳하지 않고 설명을 이어 나갔다.

옛날 옛날, 어느 어느 세상에서 유령의 나라가 생겨났답니다.

그전에는, 타라리타라리라, 의, 란고리토우토우였지요.

나라는 땅이 단단히 굳은 것도, 그렇다고 물에 잠겨 있는 것도 아니었어요.

다만 흐름이 있었습니다. 하지만 거기에는 상류도 하류도 없었지요.

근처에 유령들이 가득했지만 사람의 모습은 아니었습니다. 유령에게는 형태가 없었습니다. 애초에 딱히 뭔가의 모습이 되려는 마음도 없었던 게 아닐까요?

머지않아 타라리타라리라 속에 위와 아래가 생겨났습니다.

위와 아래가 생겨났으니, 이제 타라리타라리라가 아닌
거예요.

다음으로 생겨난 것은 그 아래에서 위를 향해 기둥 같은
것이 생겨났습니다.

그러니까 더는 란고리토우토우, 가 아닙니다.

"꼭 옛날이야기 같네."

"맞아. 그렇게 옛날이야기처럼 이어져."

네무는 웃었다.

"나는 외운 대로 이야기하는 거야."

기둥 같은 것은 끝이 보이지 않을 만큼 위로 쭉 뻗어 있
었어요.

그것은 망을 보는 탑이었습니다.

탑은 희미하게 서 있었어요.

망을 보는 이도, 보이는 이도, 모두 형태가 없었기 때문
이에요.

형태가 없는 무언가가 형태가 없는 무언가를 살피려고
한 거예요.

그것은 희미한, 헛된 것이었습니다. 하지만 확실한 것은 무엇보다도 먼저, 보고 싶다는 마음이 생겨났다는 거예요.

"먼저, 보고 싶다, 가 있었어."

네무가 그렇게 말하자 강기슭에 있는 발밑의 자갈이 '맞아 맞아' 하며 맞장구치듯이 까드득까드득 몸을 뒤틀었다. 바람이 불었다. 하지만 나는 그 말의 의미를 확실하게 이해하지 못했다.

"감정이 뭔지 알아?"

네무는 그렇게 묻고, 나를 조금 앞서 걷기도 하고 옆에서 나란히 걷기도 했다. 이따금 자그마한 네무의 정수리에 있는 가마가 보였다. 그런데 가끔 뉴스에 나오는 태풍의 눈처럼 다시 볼 때마다 가마가 자리를 바꾸는 것 같았다.

"응, 알아. 덥다, 춥다, 배고프다, 그런 거잖아."

나는 대답했다.

"그건, 감각이라고 하지. 감정은 즐겁다, 기쁘다, 슬프다, 그런 거야. 하지만 그런 감각이나 감정이 생기기 이

전에, 보고 싶다는 마음이 생겨났다는 거야."

어쩐지 순서가 반대인 것 같은 기분이 들었다.

"유령은 그런 거야."

이름을 알 수 없는 키 큰 풀들이 어우러진 덤불숲이 네무의 모습을 숨기자, 그 그늘 속에서 따분해하는 듯한 목소리가 새어 나왔다.

네무가 예로 든 몇 가지 '감정'.

그중에서 나는 '슬프다'는 것을 모른다.

어느새 건너편 강가는 꽤 멀어져 있고, 강가는 논과 잡목림보다 훨씬 낮아져 있다.

망을 보는 탑은 그저 서 있을 뿐이었어요.

아주아주 오랫동안.

머지않아 탑에 싹이 트고, 가지가 뻗고, 꽃이 잔뜩 피어났습니다.

그것은 수많은 손바닥이었어요.

손바닥?

등에 오소소 소름이 돋고, 두 팔의 솜털 사이사이로

차가운 물이 흐르는 듯한 기분이 들었다.

문득 방금 지나온 쪽을 돌아보니, 강은 어느새 꼬리를 흔들며 사라지는 뱀 같았고, 아까 네무와 함께 서 있었던 다리는 잡목림에 가려 보이지 않았다. 두 눈을 부릅뜨고 뚫어져라 바라봐도 어두운 초록빛 잎새를 매단, 껍질이 거칠거칠한 나무들만 어지럽게 얽혀 있을 뿐이었다.

하늘은 아직 은은히 밝고, 간간이 희미하게 울리던 여객기 소리도 들리지 않았다.

"네무, 어디까지 갈 셈이야?"

나는 멈춰 섰다.

"왜?"

네무는 등으로 말했다. 갑자기 모르는 아이의 목소리처럼 들렸다.

"왠지."

나는 말했다.

"싫은 느낌이 들어."

"무서워?"

"아, 그런가."

나는 말했다. 목소리가 떨리지 않도록, 힘을 꽉 주고.

"이게 무섭다는 거구나."

"아무 데도 안 가."

네무가 말했다.

"여기에서 여기로 가는 것뿐이야. 어디를 가도, 언제나 여기거든."

"그럼, 네무, 아까 그 다리로 돌아가도 계속 여기일지도 모르겠다."

"아, 그렇겠네."

네무는 돌아보며 말했다. 그 모습은 지금까지 내가 봤던 네무였다.

"미안. 무섭게 하려고 한 건 아니야. 그냥, 강을 자세히 보고 싶어서…."

뒷말을 삼키고 네무는 이야기를 이어 나갔다.

손바닥 꽃은 일제히 피어났어요.

유령들은 손바닥으로 보려고 했지요.

처음에는 눈이 아닌 손으로 보려고 했습니다.

"손으로 보는 건, 어떤 느낌이야?"

지나왔던 강가를 되짚어 가고 있는 게 분명한데, 똑같아 보여야 할 갈대와 부들이 아까와 다르게 보였다.

"네무, 자꾸 끼어들어서 미안해."

"괜찮아."

네무는 걸어가면서 말을 이었다. 서걱서걱 풀 헤치는 소리에 네무의 목소리가 섞였다.

"눈으로 보게 된 건 훨씬 나중이야. 눈은 더 고급이거든."

"고급?"

"눈은 멀리 있는 것도 보고, 가끔은 없는 것도 볼 수가 있어. 인간은 눈으로만 보지만, 유령 나라는 형태가 또렷하지 않아서 손으로 보는 걸 소중히 여겼던 거야."

사람이 죽어서 형태가 또렷하지 않은 유령이 된다고? 유령은 인간의 나라에 와서 자신이 생각하는 형태를 띤다고?

왠지 오소소 소름이 돋았다. 어느 순간 내 모습이 흐

물흐물해지면서 점점 녹아내려 여기에 없는 존재가 된 듯한 기분이 들었다.

"네무?"

나는 주위를 두리번거렸다. 풀숲에서 네무를 잃어버렸다.

뭔가가 멈춰 서는 소리가 났다. 바스락거리는 소리가 다가오더니 네무가 풀을 헤치고 고개를 반쯤 내밀고 말했다.

"내 머리를 쓰다듬어도 돼."

그 머리를 나는 쭈뼛쭈뼛 어루만졌다. 맨들맨들했다.

"마구 헝클어뜨려!"

네무는 고함치듯이 말했다.

나는 그 머리를 마구 헝클어뜨렸다. 네무는 획 물러났다. 작은 동물처럼 헥헥헥 하고 숨을 쉬었다. 뺨이 빨개졌다.

"네무, 너는, 여기에, 살아 있어."

나는 그렇게 말했다.

"진짜 물체인 것처럼!"

네무는 소리쳤다.

"살아 있다고 말하지 말고, 그냥 있다고 말해 줘!"
"하하하."
나는 그만 웃음을 터뜨리고 말았다.
"잘은 모르겠는데, 손으로 보니까 왠지 마음이 편해져."
네무는 또 엷게 웃었다.
나는 이때 알아차렸다. 또 모래시계의 모래가 다 내려
가 버렸다. 나는 강가에서 양말을 한쪽씩 끌어올렸다.

4교시 '유령 사회'에 대해서

손바닥 꽃들은 열매를 맺는 것처럼 점점 유령들이 되어
갔습니다.
손으로 세계를 보고, 무엇보다 유령이 되어 가는 자신을
볼 수가 있었어요.

눈으로는 자신을 볼 수가 없어요.
그뿐만 아니라 유령은 자신의 모습이
되었습니다. 자신이란 살아 있을 때의
자신입니다.

살아 있을 때 자신의 모습이 되기 위해서는 자기 자신뿐 아니라 살아 있을 때 주변 사람이 본 자신의 모습이 있어야 합니다.

그렇게 해서 마침내 유령의 나라가 생겨난 것입니다.

"유령 나라가 생겨난 이야기는, 이걸로 끝."

네무는 마치 빵 반죽을 오븐에 다 넣었다는 듯이 말했다.

"재미있게 잘 들었어."

우리는 아까 그 다리까지 왔다. 유령 학원의 선생님과 학생은 다시금 폭 좁은 다리의 좌우 난간에 기대어 선 채로 마주 보았다.

"그럼, 지금은 어때? 왕이나 대통령은 있어?"

"있지 그럼. 지금은 거의 사라져 버렸지만."

"선거도 해?"

"안 해. 되고 싶은 사람이 하면 되니까."

네무의 말에 나는 깜짝 놀랐다.

"그럼, 몇 명이나 되겠네?"

"그렇지도 않아. 하고 싶어 하는 사람이 별로 없거든."

"으스댈 수 있는데도?"

"물론 으스대고 싶은 사람도 있겠지."

네무도 깜짝 놀란 듯이 말했다.

"하지만 으스대고 싶어도 주위에 사람이 없는걸."

"아아, 그렇구나. 혹시, 왕이 여러 명이 있으면 어려운 일은 없어?"

"없어."

네무는 말했다.

"어느 날, 술집에서 왕들끼리 딱 마주친 적이 있었어."

"우아!"

나는 놀랐다. 술집이 있다는 것도 놀라웠다.

"처음에는 서로 자기가 왕에 어울린다고 하더니, 나중엔 서로 상대방에게 왕답다고 말하기 시작했어. 그래서 결국 한 명이 된 거야."

"한 명이 됐어? 어느 쪽이?"

"아니, 그게 아니라 둘이서 한 명의 왕이 됐다고."

"둘이서 함께 왕이 되기로 한 거야?"

"그게 아니라. 한 사람이 됐어. 둘이 합쳐서."

나는 팔짱을 끼었다 다시 풀고는 한 손을 들어 턱을 괴었다. 상상해 보려고 했다. 아니, 도무지 상상이 안 돼서 자세부터 잡은 것이다.

"으음, 상상이 안 돼."

"그럴 거야. 하지메도 언젠가 손으로 볼 수 있으면 좋을 텐데."

"마을은 있어? 건물은?"

"있어. 술집도, 다코야키 가게도 있는걸."

네무는 대답하고는 옆으로 팔을 쭉 뻗어 철조망을 통과할 때처럼 나무 난간을 스르르 통과했다.

"비행장도 있으니까."

나는 앗, 하고 작게 소리쳤다. 다리가 나지막했기 때문에 걱정은 하지 않았다. 아까는 머리를 만질 수 있었는데 지금은 유령처럼(사실 유령이 맞지만) 스르르 빠져나간 것에 놀랐다. 형태는 있지만 애매하다는 것이 바로 이런 건가 보다.

첨벙, 하는 소리는 나지 않았다. 나는 허둥지둥 난간

으로 달려들었다. 다리 밑을 내려다봤지만 네무의 모습
은 보이지 않았다.

"앗!"

나는 얼른 소리 나는 쪽으로 고개를 돌렸다. 네무는
다리 바로 옆의 얕은 물 위에 있었다. 아까 함께 걸었던
강가가 아닌, 그 반대편 강가였다.

"왜 그래?"

"게가 있어."

네무는 창백한 얼굴로 강가를 내려다보고 있었다. 조
그만 민물 게라도 있나 보다.

"무서워?"

나는 목소리를 날려 보냈다. 목소리는 종이비행기처
럼 씽씽 날아가 네무에게 가닿았다.

"아니."

네무는 대답하고 힘없이 웃었다.

"무섭진 않아. 그냥 괜히 싫은 거지."

"아, 그래."

아무리 유령이라지만 역시 어린애구나. 나는 그쪽을
향해 다리를 건너가면서 말을 건넸다.

"유령 마을은 인간 마을이랑 같아?"

"글쎄. 으음, 같지 않아."

다리 그림자에 숨어 버린 네무의 장난스런 웃음소리가 들렸다.

"유령 나라에는 다리가 많이 있거든."

"강이 많아?"

강가로 내려간 나는 다리 밑으로 가 봤다. 네무는 거기에 없었다.

"강이 없는 곳에도 다리가 있어."

목소리가 수면을 통통 뛰어온다.

"구름다리 같은 거?"

나는 두리번거렸다.

"길이 없으니까 구름다리는 아니야."

"네무, 지금 숨바꼭질하는 거야?"

나는 조금 짜증이 나서 그렇게 내뱉었다.

"숨바꼭질이라고 해도 좋아."

네무의 목소리에 왠지 쓸쓸한 느낌이 배어 있었다.

"아냐, 그냥 해 본 말이야. 실은, 하지메가 나를 찾아 주길 바라는 거야."

다리 너머로 곧장 이어지는 농로 끝 잡목림에서 네무가 얼굴을 내밀었다. 그늘 속에서 나타난 탓인지 희멀건 투명한 얼굴이 영락없는 유령이었다. 그리고 노래하듯 말을 이었다.

"집에서, 학교로, 다리가 있지. 도서관에서, 체육관으로, 다리가 있지. 수영장에서, 상점가로, 다리가 있어. 영화관에서, 산속 오두막으로, 다리가 있어. 과수원에서, 공항으로."

"왜 그렇게 많아?"

나는 네무를 뒤따라가면서 물었다. 네무의 노래를 멈추게 하려고. 머릿속에서 상상하는 것만으로는 도저히 네무의 노래를 따라갈 수가 없었다.

"술집에서, 다코야키 가게로."

네무는 농로를 빙글빙글 돌면서 걸어갔다.

"다리는 숨결이 형태가 된 거야. 이유

는 없어."

"숨결이라고…."

나는 갑자기 생각이 나서 말했다.

"혹시 말이야, 숨결*에는 '간다'는 의미도 있을까. 어딘가에 가고 싶다고 할 때의 '간다' 말이야."

"그럴지도 모르겠는걸."

네무는 멈춰 서더니, 뒷걸음질치며 걷기 시작했다.

"숨소리도 비슷한 뜻인 거 같은데."

"나도 알아."

대답은 했지만 나는 숨소리와 숨결이 비슷한 말이란 걸 모르고 있었다.

"그거 한자로 쓸 수 있어?"

"쓰는 건 좀 자신이 없는데."

내가 대답하자 네무는 엷게 웃었다.

이때 또 모래시계가 흘러내려서 나는
양말을 끌어올렸다.

* 일본어로 '숨결'은 いき이고,
'갑니다'는 いきます이다.

5교시 '그리고 왜 멸망할 것 같은가'에 대해서

우리는 농로를 걸어갔다. 이대로 가면 공항으로 이어 지는 큰길에 다다를 것이다. 갑자기 시간이 휙 흐른 것 처럼 바람이 먼지 같아졌다. 비행기를 위해 넓게 열려 있는 듯한 하늘, 그 끄트머리에서 물고기 비늘 같은 태 양을 발견했다.

"더 물어볼 거 없어?"

네무가 물었다. 옆에서 나란히 걸으면서 이따금 나를 올려다봤다.

"그럼, 수업 끝내도 되겠네."

"아, 딱 한 가지만 물을게."

유령은 왜 줄어드느냐고 묻는 대신 나는 이렇게 말했 다.

"네무, 너는 앞으로 어떻게 할 거야?"

"그건 유령에 대한 질문이 아니잖아."

"으음, 그게 유령에 대한 질문이 아니라고?"

나는 고개를 갸우뚱했다.

"내가 생각해 둔 게 있어. 사람들 앞에서 소동을 벌일까 해."

"소동을 벌여?"

"그래. 사람들 앞에서 한바탕 소동을 벌일 거야. 그럼, 그때 하지메가 유령 짓이라고 말해 줘."

나는 안절부절못하면서 바지 주머니에 손을 찔러 넣었다. 아까 장난꾸러기 유령도 있다고 하더니, 그게 혹시 네무 자신을 말한 건가?

"소동을 어떻게 벌일 건데?"

나는 진지하게 물었다.

"그걸 하지메가 생각해 줘."

"뭐어?"

작은 트럭이나 뭔가의 바퀴에 패인 농로의 바퀴 자국에는 웨하스 가루 같은 흙가루가 소복이 쌓여 있었다. 길 한가운데에 한 줄로 죽 이어져 있는 풀들이 살랑살랑 흔들렸다.

"뭘 해야 인간이 법석을 떠는지, 나는 잘 몰라서."

"으응."

나는 골똘히 생각했다.

"이 근처에서는 어렵지 않을까. 소동을 벌여 봐야 볼

사람이 없잖아. 공항 말고는."

"그럼, 공항에서 하는 건 어때?"

"안 돼. 야단법석이 날걸."

"난 야단법석이 나게 하고 싶은데?"

네무는 계속 뒷걸음으로 걸으면서 재잘거렸다. 공항을 좋아하는 나는 마음이 내키지 않았다. 게다가 단순한 소동으로 끝나지 않고 큰 사건으로 번질 수도 있다.

"대체 왜 소동을 벌이고 싶은데?"

"싫으면 관둬. 내가 알아서 할게."

네무는 묻는 말에는 답하지 않고 새침하게 말했다. 어떻게도 표현할 수 없는 그 엷은 얼굴을 하고.

"시내로 나가자."

나는 마지못해 말했다. 소동을 벌이는 건 내키지 않지만 딱 부러지게 거절할 수도 없었다. 분명, 그냥 지나칠 수 없는 저 표정 때문일 것이다.

"시내?"

"근처에 시내가 있대. 거기 가면 사람들이 있겠지. 공항에서 버스로 갈 수 있으니까 내일 가 보자."

거기까지 말하고 나자 나와 헤어진 뒤에 네무가 어떨지 걱정되었다. 이렇게 쪼그만 아이를 혼자 남겨 둘 수는 없으니까.

"우리 집에 갈래? 정확히는 우리 집이 아니고 할머니 집이지만."

"고마워."

네무는 내가 또 운동화 안으로 손가락을 찔러 넣는 것을 보고 있었다.

"하지만 나는 유령인걸."

"유령을 집에 데려가면 안 돼?"

"그건 아닌데."

네무는 눈길을 돌리고 말했다.

"오늘의 여름 특강은 다 끝났나 보네."

"혹시."

나는 왠지 불안해져서 물었다.

"유령 아이는 인간이랑 친구가 될 수 없는 거야?"

"고마워. 친구가 돼 주겠다고 생각해 줘서."

다음 말을 망설이는지 네무는 입을 한 번 다물었다가 다시 열었다.

"난 여기 있어도 돼."

우리는 큰길 앞에서 헤어졌다. 그 너머로 공항이 보였다. 오봉 항공의 비행기가 내려온 들판의 울타리도. 네무는 어디로 돌아갈까. 손을 흔드는 네무 얼굴이 다시 엷어졌다. 왜일까, 보고 있으면 기분이 이상해진다. 처음 보는 것 같으면서도 그리운 듯하고, 다가가고 싶지만 멀어지고 싶은 듯한 기분.

"내일, 어디로 가면 만날 수 있어?"

뒷걸음질로 횡단보도를 건너는 네무의 얼굴이 희미해졌다.

"하지메가 가는 곳에 있을 거야. 오봉 기간이라면 어디든 따라갈게."

웃고 있는 네무의 엷은 얼굴이 여름날의 저녁 바람에 녹아들었다.

유령은 살아 있는 게 아니라 보일 뿐이잖아, 라고 말하려고 했지만 네무의 모습은 이미 어디에도 없었다.

저녁 식사 시간에 나타난 호랑이

큰길에서 네무와 헤어진 순간, 낮달처럼 희미하던 해는 저녁노을을 건너뛰고 곧바로 똑 떨어졌다.

날이 어두워지자 잡목림은 옆을 지나는 것만으로도 조금 무서웠다. 듬성듬성 서 있는 나무들 사이로 습기를 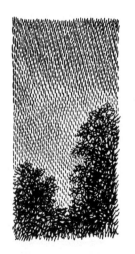머금은 풀이며 가랑잎 따위가 쌓여 있어, 마치 여기에도 저기에도 야생동물이 도사리고 있는 것 같았다. 무엇보다도 여기저기서 튀어나와 더듬이처럼 흔들거리는 넝쿨이 으스스한 분위기를 자아냈다.

할머니 집의 불빛이 보이자 저절로

걸음이 빨라졌다.

"다녀왔습니다."

말하기 전부터 나는 보았다. 현관문이 밖으로 열려 있는 것을. 처음 보는 여자가 한 손으로 문을 짚은 채 문밖에 서 있는 것을.

"어서 오너라."

현관 문틈으로 할머니가 맞아 주었다.

"어서 와."

돌아본 여자의 얼굴은, 아마도, 웃은 것 같다. 이렇게 말하는 건 웃는 얼굴이라고 하기에는 무서웠기 때문이다.

"실례 좀 하고 있단다."

문밖으로 나온 회색 정장 차림의 다리가 늘씬하고 길다. 검은 구두는 굽이 조금 있었다.

"손자랍니다. 아까 말했던."

할머니가 여자에게 말했다.

"하지메구나. 몇 학년?"

"5학년이에요."

내가 대답하자 여자는 문을 활짝 열어 주었다. 나는 그

팔 밑으로 들어갔다.

"하지메, 오늘 뭐 특이한 거 못 봤니?"

여자가 물었다.

"특이한 거요?"

나는 운동화를 벗었다. 양말은 복사뼈 위까지 단단히 감싸고 있었다. 이상하게도 네무와 헤어져 돌아오는 길에는 전혀 흘러내리지 않았다.

"그래. 평소와 다른 뭔가 말이야. 날아다니는 것, 기어다니는 것, 걸어 다니는 것. 살아 있는 것이든 살아 있지 않은 것이든. 사건이든 뭐든 다."

"없었는데요."

나는 고개를 저었다. 특이한 건 못 봤다. 유령 아이는 보았지만.

"조사하는 대상이 아주 막연하군요."

할머니는 볼에 손을 짚은 채 뭔가를 골똘히 생각하고 있었다.

"누나는 뭐 하는 사람이에요?"

나는 거실 안으로 들어가다 말고 돌아서서 물었다.

"나는 먀오 타라고 해. 보호 활동을 하는 사람이지."

"멸종 위기 동물 같은 거 말이에요?"

"그런 셈이지. 뭘 찾는지는 말할 수 없어. 정보를 얻으면 먼저 잡아서 비싸게 팔아넘기려는 작자들이 있어서 말이야."

"힘들겠네요."

"힘들지."

누나는 말하고 명함을 꺼냈다.

"무슨 일 있으면 언제든 이쪽으로 연락 주세요."

"아이고, 열심히 찾아봐요. 이런 시골이니 아직 발견하지 못한 동물이 있을지도 모르지요."

할머니는 명함을 찬찬히 보고 나서 웃었다.

나는 이마에 송골송골 맺힌 땀을 손등으로 훔쳤다.

설마.

하지만 자꾸만 줄어든다고, 마지막일지도 모른다고
했다.

유령 스스로가 그렇게 말했다.

"뭐든 상관없어. 본 것이 있다면 말해 줘."

먀오 타라고 이름을 밝힌 사람은 나를 보고, 아마도
웃을 것이다. 쭉 찢어진 눈에는 검은자위밖에 없는 것
같았다.

"날아다니는 것, 기어다니는 것, 걸어 다니는 것. 내가
동물이라고 말은 했지만 꼭 동물이 아니어도 돼."

먀오 타는 현관 앞에 놓아둔 가방 손잡이에 손가락 끝
을 집어넣고 들어 올리더니 문밖으로 스르르 사라졌다.
그 몸놀림을 보고 나는 커다란 야생 고양이, 아니 호랑
이를 떠올렸다.

밤의 부엌. 따가울 정도로 하얀 조명 아래, 식탁 한가
운데에 무쇠 냄비가 놓였다. 묵직한 뚜껑을 들어 올리자
데엥, 하고 징 소리 같은 소리가 나면서 구름처럼 모락
모락 김이 올랐다. 그것이 걷히자 토마토소스의 바다가
보였다. 거기 떠 있는 섬들은….

95

"우아, 양배추롤이다!"

나는 기뻤다.

"그래, 양배추롤이란다!"

할머니는 뿌듯한 듯이 맞장구 쳤다.

"하지메, 이거 좋아했지?"

"제가요?"

"맙소사."

할머니는 뚜껑을 거꾸로 든 채로 말했다.

"기억을 못 하나 보네. 너 어릴 때 이걸 얼마나 좋아했 는데. 아빠 것까지 뺏어 먹을 정도로 좋아했어."

"아, 그랬구나."

나는 말했다.

"지금도 좋아해요."

"여름에 썩 어울리는 메뉴는 아니라서 말이야, 어쩔까 망설였다만."

할머니는 그렇게 말하며 웃었다. 국자에 뜨여 허공을 날아 접시에 살포시 담기는 모습이 마치 양배추롤 모양 유에프오 같았다. 만약 유에프오 중에 담뱃잎을 말아 놓은 담배처럼 생긴 것이 있다면 그런 모양도 괜찮을 것 같다. 둘 다 이파리로 말아 놓았다는 점은 같으니까.

"공항은 어땠니?"

"좋았어요."

"오늘은 아주 꼼꼼히 봤나 보구나."

"왜요? 다른 날도 꼼꼼히 보는걸요."

"아무렴, 그렇겠지."

할머니는 호호호 웃으며 말했다.

"할머니도 알지."

실은 오봉 항공 비행기가, 라고 나는 말하지 않았다. 그 대신 이렇게 물었다.

"할머니, 유령 알아요?"

"유령."

할머니는 내 앞에 하얀 접시를 놓았다. 에어컨 바람에 김이 너울너울 춤춘다.

"자 먹어 봐. 여름 양배추는 좀 질기지 만 토마토는 맛있단다."

하지만 양배추는 나무 숟가락으로도 쉽 게 잘릴 정도로 부드러웠다. 피 같은 소스의 바다에 잠겨 있던 양배추롤. 반으로 잘린 양배추롤의 단면, 네무가 말한 유령 나라와 인간 나라의 경계는 황홀할 정도로 예뻤다.

"유령이라…, 참 오랜만에 듣는 말이구나."

할머니는 말하면서 눈을 가늘게 떴다.

"죽은 사람이 유령이 되지."

"본 적 있어요?"

"으음, 없는 것 같구나."

"할아버지는 유령이 됐어요?"

"안 됐단다."

탁. 양배추롤을 자르는 할머니의

숟가락이 접시 바닥에 닿아 소리가 났다.

"아니, 아마 안 됐을 거다. 기억이 잘 안 나네."

"오늘은 오봉이잖아요."

"어이쿠!"

할머니는 눈을 동그랗게 떴다.

"그걸 어떻게 알았다니. 옛날에는 오봉에 조상님이 찾아온다고 했지. 이맘때면 조상님을 맞을 준비를 하고 성묘도 했어. 지금은 그걸 기억하는 사람도 없을 테지만 말이야."

"오봉은 언제까지예요?"

"아마 16일까지일 거다. 마지막 날에는 조상님의 영혼이 다시 돌아가시지. 아, 딱 네가 집에 가는 날이구나."

양배추는 이파리였던 것을 잊은 듯 푹 끓여 버린 햄버그스테이크처럼 흐물흐물했다.

"갑자기 유령은 왜?"

"아, 아니에요. 그냥."

나는 얼버무렸다.

"혹시 있다면 친구가 될 수 있을까 싶어서요."

할머니의 숟가락이 입가에서 멈추더니, 중력에 이끌려 조금 내려가서 잠시 그대로 그 자리에 떠 있었다. 할머니가 말했다.

"아이고, 같이 놀 아이가 없어서 어쩌누."

"그게 아니고요!"

나는 허둥지둥 웃음으로 얼버무렸다.

"어이쿠, 유령이 있으면 집에 데려오렴. 할머니도 만나 보고 싶은걸."

어린아이처럼 아하하, 하고 웃는 할머니는 마사루와 신의 엄마에 비해 그다지 나이가 많아 보이지 않았다. 웃는 할머니는 담임인 미쓰카 선생님 정도의 나이로 보였다. 미쓰카 선생님은 얼마 전까지 대학생이었다.

전에 그렇게 말했더니, 할머니는 팔짱을 끼면서 기분이 좋은 듯이 고개를 끄덕이고는 말했다.

"어머나, 20년쯤이나 지나야 여자 나이를 알아맞힐 수 있을 텐데. 참 조숙하기도 하지."

어쩌면 엄마가 없어서 그런 쪽으로는 잘 모를 수도 있다. 나는 그렇게 생각했다. 여자의, 뭐랄까, 기준 같은 것을 전혀 모르고 있는지도 모른다.

"아까 그 먀오 타라는 사람 말이에요."

몇 살쯤 됐을까.

"아, 그 사람. 보호할 동물이 없는지 조사한다던데. 그게 뭔지는 말할 수 없다더라. 그러니, 내가 말해 줄 게 뭐 있어야지."

할머니는 내 샐러드 접시가 빈 것을 보고 말했다.

"채소 좀 더 먹으렴. 아, 먹고 싶거든 말이다."

먀오 타는 할머니보다는 어릴 것이다. 미쓰카 선생님

보다는 위일까. 나이 때문만은 아닌 것 같은데, 아무튼 모두 달라 보인다. 여자는 남자보다 저마다 요모조모로 달라 보이는 것 같다는 생각이 든다. 그것은 내가 남자이기 때문일까.

나는 커다란 유리그릇에서 샐러드를 덜어 내 접시에 담았다. 내 젓가락으로.

할머니가 만드는 샐러드에는 마트에서는 팔지 않는 채소가 들어 있다. 채소라기보다 식물이란 느낌. 심하게 말하면 그냥 풀때기다.

그것이 오목한 유리그릇에 담기면 샐러드라기보다 작은 식물원처럼 보인다.

맛도 쓰고, 향도 낯설었지만 2주일 정도 날마다 먹다 보니 차츰 그 맛과 향에 익숙해졌다.

그날 밤에는 마침내 맛있다고 생각하게 되었다.

신비의 문이 열린 것처럼.

우리가 먹는 채소 하나하나가 다 다르다는 것을 알게 됐다. 잎과 줄기가 다르고, 잎이 벌어진 것도 있고 닫힌 것도 있다.

좋아하는 맛, 싫어하는 맛으로만 나눌 수 없는 맛. 더 깊은 곳에, 저마다의 독특한 맛과 향이 있음을 알게 됐다.

신발 끈의 가르침

아침밥을 먹고 나서, 오늘 풀어야 할 문제집을 붙들고 낑낑거리고 있는데 도무지 들썩들썩한 마음이 가라앉지 않았다. 아직 시간이 좀 이를지도 모르지만, 에라 모르겠다, 하고 벌떡 일어나 집을 나섰다. 유령에게도 아침 일찍이라거나 느지막이라는 개념이 있을까.

"하지메가 가는 곳에 있을게, 꼭."

네무가 어제 그렇게 말했다.

어디에 있는지도 모르는데 꼭 만날 수 있다니.

나는 설마 그럴 리 없다고 의심하면서도 마음속으로는 만나길 바라고 있었다.

할머니가 사는 마을에는 길을 따라 띄엄띄엄 집들이 있다. 농가가 많기 때문에 집들은 하나같이 도시보다 크고 번듯한 데다 길에서 집까지는 꽤 떨어져 있다. 젊은 사람이 없으면 아무리 넓고 근사한 집이라도 형편없어진다고, 할머니는 안타까워했다. 집과 집 사이에 있는 농기구 보관 창고는 대부분 삼각 지붕에, 커다란 셔터가 내려져 있었다. 예전에는 집이 있었을지도 모를 빈터도 드문드문 있다.

마을에 난 포장도로가 주로 다니는 길이지만 나는 그 곳을 벗어나 논 사이로 난 농로로 갔다. 걸어가면서 가만히 귀 기울여 보니, 여름풀답게 무성하게 자란 질경이와 개망초 숲에 숨겨진 용수로에서 희미하게 물 흐르는 소리가 들렸다. 눈을 들어 주위를 둘러보니, 논에는 푸른 벼 이삭들이 서로 몸을 기댄 채 시원한 물에 발을 적시고 있었다.

얼마쯤 갔을까, 잉크를 흘린 듯 짙은 그늘을 드리운, 넉넉히 백 살은 돼 보이는 키 큰 나무가 있었다. 가까이 다가가 보니, 나무 밑에 오래된 사당이 있었다.

"꼭 유령 나올 것 같네."

그렇게 중얼거리면서도 왠지 그곳에 네무가 있을 것 같다는 생각은 전혀 들지 않았다.

아직 아침인데도 해는 벌써 머리 위로 올라와 있고, 눈앞에 펼쳐진 논과 밭에는 그림자 하나 없었다. 비닐

식탁보 같은, 반짝반짝 빛나는 파란 하늘에 비행기가 떠
있었다.

하늘에 보이지 않는 레일이라도 깔린 듯이 비행기는
쌔앵 하고 날아오고 있었다. 여기에 온 지 2주일이 지났
고, 비행 시간표도 거의 외우고 있기 때문에 이제 비행
기를 보면 무슨 항공사인지, 어디에서 온 비행기인지 대
충 알 수 있었다.

나는 비행기를 보고도 별로 흥분하지 않는 나 자신에
게 놀랐다.

오봉 항공의 비행기를 봤으니 그럴 만도 하다.

하아.

하늘을 올려다보고 한숨을 한 번 내쉬었다. 문득 발밑
을 내려다본 나는 깜짝 놀랐다. 하얀 운동화에, 분명 하
얀 운동화 끈이었는데 왼쪽에 있는 끈은 처음 보는 녹색
끈이었다.

"에이, 난 또 뭔가 했네."

이렇게 중얼거린 것은, 그 녹색 끈이

메뚜기라는 것을 알았기 때문이다. 가늘고 삐죽삐죽한
조릿대 이파리처럼 생긴 녀석이 운동화에 앉아 끈인 척

하고 있었다.

운동화 앞코를 위협하듯이 흔들어도 녀석은 도망가지 않았다. 정말로 자기가 끈인 줄 아는 건가, 하고 생각했을 때, 녀석은 가지런히 모으고 있던 더듬이로 스윽 왼쪽을 가리켰다.

나는 녀석이 가리킨 쪽을 보았다.

논두렁 네다섯 개 너머로, 작은 강에 걸린 나무다리가 보였다. 어제 네무 선생님에게 수업을 받았던 곳이다.

나는 왼쪽으로 돌아서 그곳을 향해 걸었다.

메뚜기 끈이 떨어지지 않게 조심하면서 아무도 없는 다리를 가만가만 건너는데, 마치 거울에 비친 듯이 맞은편에서 네무가 건너오고 있었다.

"우아!"

나는 놀라서 작게 소리쳤다.

"내가 오는 걸 안 거야?"

"안녕, 하지메."

네무는 웃었다.

"이쪽으로 가재서, 얘가."

네무의 어깨 위에는 운동화 끈인 척하는 녀석과 똑같이 생긴 메뚜기가 앉아 있었다. 녀석은 다리 한가운데에서 만난 나에게 할 말이 있다는 듯이 가지런히 모은 더듬이를 내게로 향했다.

혹시, 메뚜기가 유령의 사자야?

나는 가슴을 조금 두근거리며 그렇게 물어보려고 했다. 그때 뭔가가 신경이 쓰였다. 가만히 다리 아래를 내려다보았다.

"왜?"

"네무, 저기 좀 봐. 물이 어제랑 반대 방향으로 흐르고 있어."

그건 종종 있는 일이다. 아빠와 단둘이 사는 아파트 옆에도 강이 있다. 강둑을 콘크리트로 포장해 놓아서 별로 예쁘지는 않지만.

산책로에서 그 강을 바라볼 때면 바다와 반대로 흐르는 것 같은 느낌이 들었다. 멍하니 보다가 지각할 뻔한 적도 있다.

아빠에게 물어봤더니 연구자다운 설명이 돌아왔다.

"강어귀에서는 정말 강이 역류하기도 해. 하지만 대개

는 바람이나 빛 때문에 강 표면의 물결이 반대 방향으로 흐르는 것처럼 보일 뿐이야. 그런데 우리는 수면 아래에 있는 그 많은 물이 전부 거꾸로 흐른다고 생각하는 거지."

나는 아빠에게 들은 대로 네무에게 설명해 줬다.

"우리가 누구야?"

네무가 물었다.

"응?"

전혀 예상 못 한 질문이었다.

"하지메랑 아빠?"

"아니. 아마 더 많은 사람일 거야."

나는 말하면서 난간 아래를 내려다보았다. 큰 강이라면 아빠 말대로 역류할 수도 있을 것이다. 하지만 이렇게 작은 시냇물이 역류를 하다니 역시 이상한 느낌을 지울 수 없었다.

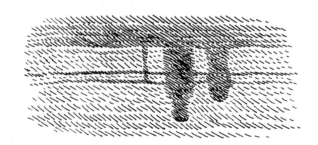

"인류, 같은 거 아닐까."

"아아."

네무는 감탄한 듯이 고개를 끄덕였다.

"그걸 우리라고 해? 많은, 우리가, 생각하는 것을, 알 수 있는 거네."

"으응, 그러게."

나는 자신이 없어졌다.

"아무튼, 그, 우리 안에 유령은 안 들어가는 것 같거든."

네무는 따분한 듯이 말했다.

"미안."

나는 사과했다.

"왜 사과를 해?"

네무는 놀란 듯이 말했다.

"뭐, 역류할 수도 있지. 강은 원래 심술쟁이거든."

"그래?"

"그래. 타라리타라리라, 의, 란고리토우토우, 야."

네무는 재미있는 듯이 흥얼거렸다.

"유령 나라는 틈이 있으면 세계를 타라리타라리라로

되돌려 놓으려고 해. 이쪽은 온 힘을 다해 다리를 놓을 수밖에 없어…. 그건 그렇고, 오늘은 도와줄 거지? 사람들 많은 데서 소동 벌이는 거."

그렇게 말하고 생긋 웃는 네무는 강보다 더 심술궂어 보였다.

우리는 공항버스 정류장을 향해 걷기 시작했다. 네무는 또 뒷걸음질로 걸어가면서 나를 안내했다. 맨 앞에서 관광객을 인솔하는 관광 가이드 같아서 깃발이라도 들려 주고 싶었다. 메뚜기들은 이제 할 일을 다 했는지 어디론가 사라지고 없었다.

승합차와 사파리 공원

널따란 공항 주차장을 크게 돌아 버스 정류장에 도착했다. 목적지별로 붙어 있는 표지판 뒤로 알록달록 멋스런 여행 가방들이 길게 줄지어 서 있고, 옆에는 딸린 물건들처럼 가방 주인들이 서 있었다.

"네무, 버스비 있어?"

나는 일부러 할머니에게 돈을 조금 더 받아 왔다.

"유령은 공짜야. 어른 요금이랑 어린이 요금만 적혀 있고, 유령 요금은 없지?"

"아, 그러네."

나는 유리로 된 공항 건물 옆을 걸어가면서 대꾸했다.

"하지메가 신경 쓰인다면 모습을 감추고 있을게."

"그럼…."

나는 옆에서 나란히 걷는 네무를 말똥말똥 보면서 말했다.

"나 말고 지금 다른 사람한테도 보이는 거야?"

"그럼, 보이지. 모습이 있잖아."

네무는 웃었다.

"하지메도 안 보이게 해 줄 수 있어. 그럼, 공짜로 버스 탈 수 있잖아."

"그럼 안 돼."

나는 놀라서 말했다.

"헤헤. 그럴 줄 알았어."

네무가 입을 삐죽 내밀고 놀리듯이 말했기 때문에 나는 조금 화가 났다.

공항버스 정류장에 가는 도중에 스르르 나타난 물빛 승합차가 우리 옆에서 멈췄다. 조수석 쪽 유리문이 내려갔다.

"안녕."

운전석에서 말을 걸어온 사람은 어제저녁에 만난 정장 차림의 여자, 바로 먀오 타였다.

"다쓰미 하지메."

"안녕하세요."

나는 그렇게 인사했다. 나도 모르게 앞으로 나서서 네무를 등 뒤로 숨기듯 하면서.

"친구?"

먀오 타는 조수석 창 쪽으로 몸을 내밀고 말했다. 안전띠가 닿는 웃옷의 가슴 부분이 심하게 구겨졌다. 먀오 타의 웃는 얼굴이 꼭 호랑이 같았다. 진짜 호랑이가 웃

는지는 모르지만.

"어디 가는 거니? 태워 줄게."

"괜찮아요."

내가 거절하자,

"고마워요, 언니."

네무가 까치발을 하고 내 어깨 너머로 말을 건넸다.

"안 돼, 모르는 사람 차에 타면 안 된다고."

나는 허둥지둥 네무를 가로막았다. 위험한 건 내가 아
니라 네무 너란 말이야!

"모르는 사람이라니? 어제 명함도 줬잖니."

먀오 타는 웃었다.

"하지메, 할머니 전화번호 말해 봐."

그리고 전화를 하더니 바로 할머니한테서 허락을 얻
어 냈다.

"할머니께서 아주 정중하게, 잘 부탁합니다, 그러시던
데."

먀오 타의 말이 끝나자마자 승합차의 뒷문이 자동으
로 열렸다. 네무는 신이 나서 올라타더니 안쪽 창가 자
리를 차지하고는 나를 보았다. 나는 마지못해 차에 올라

타 옆자리에 앉았다.

"시내에서 내려 주면 되지?"

돌아본 먀오 타는 호랑이 얼굴로 웃고는 차를 출발시켰다. 달리기 시작한 승합차는 차선을 따라 주차장을 크게 돌아서 나갔다.

"뭐 사러 나가는 거니?"

"예에….."

나는 입속으로 웅얼거리면서 아빠랑 딱 한 번 간 적이 있는 사파리 공원을 생각했다. 사자나 치타 같은 맹수들이 우글거리는 한복판을 버스로 달릴 때, 숨 막힐 듯한 긴박감에 사로잡혔던 기억이 떠오른다. 다만 지금은 운전자가 맹수고, 승합차 안이 사파리 공원이다.

차 안의 에어컨 바람이 어쩐지 으스스했다.

차창 밖으로, 공항을 따라 난 큰길의 철조망 울타리가 무서운 속도로 휙휙 흘러갔다. 평소 한가롭게 산책하던 길인데 달라진 속도만으로도 모르는 길처럼 보였다.

"그냥 시내에 한번 가 보고 싶어서요."

내가 대답했다.

"소동을 벌일 거예요."

네무는 그렇게 대답했다.

"네무."

나는 바람총을 휙 쏘듯이 나무랐다.

"소동을 벌이겠다고? 너 말썽꾸러기구나."

먀오 타가 웃은 듯했다. 눈에 보이는 것은 뒤통수뿐인
데 왠지 귀까지 찢어진 입을 본 것 같았다.

"먀오 누나는 동물을 보호하는 사람이죠?"

나는 말을 돌렸다.

먀오 타는 백미러로 나를 보면서 말했다.

"내 별명은 '수마트란'이야. 수마트라 호랑이란 뜻이
지. 세계에서 가장 작은 호랑이야."

나는 놀랐다. 생긴 것과 너무 똑같아서.

"우리는 서로를 '멸종 위기종'의 코드명으로 불러.
호랑이도 이제 지상에
거의 없거든."

차의 속도가 올라가자 먀오 타의 목소리도 조금 다르게 들렸다.

"우리가 누구예요? 인류?"

네무가 물었다.

"우리 단체."

먀오 타는 오른손으로 운전을 하면서, 짧은 막대기를 쥔 반대편 손을 들어 올렸다. 그 막대기는 쑥쑥 뻗어 나가더니 끝이 둥글게 펼쳐졌다.

"잠자리채예요?"

나는 침을 꼴깍 삼키고 물었다.

"포획 기구도 종류가 다양해. 우리 단체는 미확인 생명체도 보호 대상으로 여기고 있거든. 예를 들어, 예티*, 네시**, 용, 갓파***…."

막대기 끝에서 눈을 뗄 수가 없었다. 고리 부분에 레이저처럼 초록색 빛을 뿜는 촘촘한 그물이 둘러쳐져 있었다.

---

* 히말라야에 살고 있다는 전설 속의 설인으로 모습은 유인원과 비슷하게 생겼다.

** 스코틀랜드 네스호수에 살고 있다고 알려진 전설 속의 괴물.

"유령 같은 것도 그렇고."

먀오 타는 막대기를 조수석에 툭 내던지고 말했다.

"살아 있는 게 아니잖아요, 유령은."

역시 내 예감이 맞았어! 그렇게 생각한 나는 득달같이 먀오 타에게 반박했다.

논밭 사이로 난 외길을 한동안 달려가자 집들이 드문 드문 나타나더니, 이내 길이 좁아져 차고와 창고 같은 작은 건물 사이로 난 구불구불한 도로로 들어섰다. 뒷자리에 앉은 나와 네무는 시트에 등이 콱 처박히기도 하고, 좌우로 흔들리기도 하고, 펄쩍 뛰어오르기도 했다. 먀오 타의 운전은 조금 거칠었다. 원숭이가 운전하는 지하철이 있다는 이야기는 들어 봤지만 호랑이 운전사가 있다는 말은 들어 본 적이 없다.

마을을 하나 지나자 다시 논이 펼쳐지고, 그것을 아득히 멀리서 에워싸는 듯 나지막한 산등성이가 희미하게 이어졌다.

*** 물에서 사는 어린아이의 모습을 한 일본의 요괴로, 정수리에 물그릇을 이고 다닌다.

"살아 있는지 아닌지를 판단하기는 쉽지 않지. 하지만 유령은 분명히 존재해. 우리가 관찰을 하면서 자료를 모아 왔거든. 그런데 요 몇 년 사이에 부쩍 줄어들었어."

"왜요?"

그만 다그치듯 묻고 말았다. 나도 엄청 궁금했으니까. 에어컨이 너무 세서 콧속이 근질근질했다.

"뭐, 전염병이 도는지도 모를 일이지."

"유령들 사이에서요?"

"나쁜 밀렵꾼의 사냥감이 되고 있는지도 모르고."

"유령이요?"

나는 말하고 흘끔 네무의 얼굴을 보았다. 마음과 달리 진지하게 묻고 말았다.

"아, 단정할 순 없어. 모르니까 연구하는 거지."

먀오 타는 말했다.

"무엇보다 표본이 필요한데 말이야."

"보호한다는 건, 결국은 연구의 표본으로 삼으려는 거네요."

나는 경계심을 풀지 않고 말했다.

"그렇게 해서 정말로 멸종을 막을 수 있는 거예요?"

"다시 늘어나게 할 방법을 찾고 있어."

조수석에서 흔들리던 잠자리채가 저절로 슉 하고 접혀 막대기가 되었다.

"예컨대 번식을 하려면 암컷과 수컷이 있어야 하는지, 여러 가지 말이야. 유령의 경우는 모르는 것이 많단 말이지. 우리는 클론도 생각하고 있어."

"클론?"

"유령 세포에서 유령을 증식하는 거야."

"아아."

어른은 어쩜 그렇게 바보 같은 생각을 하는 걸까. 나는 참지 못하고 묻고 말았다.

"대체 유령이 어디에 있다는 거예요?"

먀오 타가 앞을 향하고 있는데도 호랑이가 웃고 있다는 걸 느낌으로 알 수 있었다.

"글쎄. 내 생각엔 뜻밖에도 가까이 있는 거 같은데."

나는 섬뜩했다. 어떻게 알았는지는 모르지만 먀오 타는 네무가 유령이라고 확신하고 있다. 사파리 공원에 갇힌 건 우리 쪽인 셈이다.

보호라는 말에 막연한 기대를 품었는데…. 그 보호하

는 것이 실험대에 올려놓고 세포를 채취하는 것이라면 네무를 돕는 것과는 거리가 멀다. 오히려 호랑이에게 잡아먹히는 꼴이다.

"언니, 유령, 본 적 있어요?"

네무는 다짜고짜 운전석을 향해 물었다.

"실은, 없어."

담배 가게의 녹슨 간판과 드라이브스루 매장의 소프트아이스크림 모형이 시야의 끝으로 흘러가고 곧이어 커다란 다리가 나왔다. 그 너머로 차도가 교차하며 차들이 한데 얽히는 큰 시가지가 나타났다.

"하지만 가까이에 있다면 알 수 있지 않겠니?"

"찌깍, 꼬깍, 찌깍, 꼬깍."

네무가 흥얼거렸다.

다리를 건너 교차로에 이르자 먀오 타는 좌회전 신호를 기다리며 왼쪽 깜빡이등을 켰다. 네무는 그 소리에 맞춰 흥얼거리고 있는 것이다.

"그런데 소동을 벌이겠다니, 그게 무슨 말이야?"

먀오 타가 물었다. 운전대에 손을 얹고 직진 차선에서

휙휙 지나가는 차량의 흐름이 끊어질 때를 가늠하면서.

"뭐, 여름방학의 추억 만들기 같은 거예요."

내가 황급히 얼버무렸다.

"자유 연구라고 할 수도 있고요."

"찌깍, 꼬깍, 찌깍, 꼬깍."

네무의 찌깍, 꼬깍은 음정이 하나하나 달라서 되풀이하는 것만으로도 노래하는 것 같았다.

"오오, 재미있겠는데. 뭘 할 건데?"

"찌깍, 꼬깍, 찌깍."

네무가 대답했다.

"그건 지금부터 꼬깍, 하지메가, 찌깍, 생각할 거예요, 꼬깍."

"어?"

나는 엉겁결에 네무를 보았다. 역시 그런 거였어.

네무는 나를 보고 웃었다.

"찌깍, 꼬깍, 찌깍."

"위험한 짓은 안 된다."

먀오 타는 말하고 운전대를 크게 꺾었다.

"어린애들 장난이야 뭐, 뻔할 테지만."

"유령이라면 생각보다 엄청난 것도 할 수 있어요."

차가 길을 다 돌아서 찌깍, 찌깍이 멈추자 네무는 선 뜻 그렇게 대답했다.

"호오. 소동을 벌이는 게 아니라 사람들을 놀라게 하는 거네."

먀오 타는 넌지시 대꾸하고는 역 앞으로 이어지는 좁은 도로로 들어갔다. 백미러 속 얼굴에 호랑이 웃음이 떠올라 있었다.

"나도 따라가면 안 될까?"

"안 된다고 해도 올 거잖아요."

나는 한숨을 쉬고는 내뱉듯이 말했다.

"아, 보호자 대신 따라가려는 거야."

보호란 말은 참 편리한 거구나.

나는 안전띠에 매인 몸을 꼼지락거리면서 생각했다.

소동이 벌어진 동네

먀오 타는 골목 주차장에 차를 세웠다. 뒷문이 자동으

로 열려서 나와 네무는 먼저 내렸다. 선로는 보이지 않았지만 전철이 있을 것 같은 쪽으로 걷기 시작했다. 아직 문을 열지 않은 것인지, 가게를 아주 접은 것인지 알 수 없는 가게들이 즐비하게 늘어서 있고, 그 위로 빼꼼 보이는 파란 하늘을 전깃줄이 가로지르고 있었다. 여름날 오전 시간대라고 생각할 수 없을 정도로 주위는 생기 없이 음산했다.

"그럼, 하지메. 뭐부터 할까?"

앞서서 걸어가던 네무가 들뜬 목소리로 말하며 빙글 돌아보았다.

"뭐든지 말만 해."

"정말 뭐든 해도 돼?"

눈에 들어오는 것은 셔터와 쓰레기통과 전봇대 정도.

"애들아, 살살 해라."

차 문을 잠그고 쫓아온 먀오 타가 웃었다.

"예를 들면, 이 전봇대를 구불텅하게 구부린다거나?"

나는 눈 딱 감고 전봇대를 가리켰다. 당연히 못 할 거라 생각하고.

"전봇대를 구부려?"

네무가 말했다. 아랫입술만 내밀어 푸-, 하고 숨을 불어 올리자 가지런한 앞머리가 팔랑팔랑 흔들거렸다.

"아, 그냥 장난으로."

내 말이 끝나기도 전에 네무가 말했다.

"저거 말이지?"

나는 네무의 시선을 따라 올려다보았다. 골목에 나란히 서 있던 전봇대 두 개가 서로 다가가듯이 구부러지더니 그 끝이 둥글게 나비매듭을 지었다.

"앗."

나는 소리쳤다.

"이건."

먀오 타도 큰 소리로 말했다.

"진짜야? 아니면, 그냥 저렇게 보이기만 하는 거야?"

"그 중간쯤이에요."

네무는 우리 둘을 돌아보고 대답했다. 헐렁한 흰색 원피스가 봉긋 부풀어 올랐다.

"그럼, 다음은?"

나는 멍하니 서 있었다. 탕! 지나가던 양복 차림의 아저씨가 쓰레기통에 부딪치는 소리에 제정신이 돌아왔다. 때마침 가게 문을 열던 문구점 아저씨도 놀란 나머지 철퍼덕 주저앉았다.

"네무, 일단 원래대로 돌려놓자."

"왜?"

"저건 너무 심해."

네무는 못마땅한 듯 뺨을 부풀리더니, 이내 눈을 감고 귀여운 손을 얼굴 앞으로 들어 팔락팔락 흔들었다. 앞머리가 바람에 흐트러졌다. 전봇대는 눈 깜짝할 사이에 아무 일 없었다는 듯이 원래 모습으로 돌아왔다.

"치, 소동을 벌이기로 해 놓고."

"아아, 저런 걸 할 수 있다니."

먀오 타는 신음했다. 정말로 목에서 으르렁거리는 소리가 날 것만 같았다. 갑자기 앞으로 멘 가방을 껴안듯이 팔짱을 끼었다. 가방 안에는 아까 그 잠자리채가 들어 있을 것이다.

"역시 자료만 봐서는 모를 일이야."

이제 시간을 끌 필요도, 속임수를 쓸 필요도 없었다. 나는 얕게 숨을 쉬고 나서 말했다.

"네무를 유령이라고 생각하죠?"

"응, 맞아."

먀오 타가 대답했다.

"방금 본 것 때문이 아니야. 유령의 에너지가 점점 약해지고 있어. 그것을 추적하던 중이었는데, 올여름에 공항 주위에서 특이한 반응을 감지했거든."

오봉 항공의 비행기 때문이었을 것이다.

이야기하는 먀오 타를 돌아보지도 않고 네무는 말했다.

"저 아파트 말이야, 옷장이랑 비슷하게 생기지 않았어?"

네무가 손가락으로 가리키자, 8층짜리 갈색 벽돌 건물의 3, 4, 5층이 마치 서랍이 열리듯 허공으로 뽑혀 나왔다

"우왓!"

나는 또 소리쳤다.

느닷없이 밖으로 밀려 나와 계단 모양이 된 아파트에서도 "으아악!" "꺄아악!" 하고 비명 소리가 터져 나왔다.

"위험해! 제자리에 돌려놔, 네무."

"치! 또오?"

네무가 팔락팔락 손을 흔들자 아파트는 제 모습을 되찾았다.

"사람은 안 다치니까 괜찮아."

무릎 아래에서 드리블을 하는 배구공처럼 내 심장은 빠르게 쿵쿵쿵 뛰었다.

"이번엔 사람들이 더 많이 볼 수 있는 곳으로 가서 하자!"

뒷걸음질을 치며 빠르게 멀어지는 네무를 우리는 허둥지둥 쫓아갔다.

"역으로 가는 것 같은데."

골목을 나가자 그곳은 영화관 앞이었다. 네무는 입구 옆에 붙은 괴수 영화 포스터를 가리켰다.

"이 무서워 보이는 걸 밖으로 끌어내 볼까?"

"네무."

나는 옆에 있는 전봇대를 가리키면서 소리쳤다.

"잠깐."

"간단해. 그걸 먀오 타가 잠자리채로 잡는 거야, 어때?"

"네무!"

나는 황급히 말을 건넸다.

"어차피 소동을 벌일 거면, 재미있는 거 하지 않을래?"

그러자 네무는 잽싸게 다가와서 전봇대에 붙은 전단을 들여다보았다.

"흐응. 고양이를 찾습니다?"

"그래."

네무는 골똘히 생각하는 얼굴이었다.

"그런 거 가지고 소동을 벌일 수 있어?"

"그럼! 나쁘지 않은 아이디어야. 다쓰미 하지메, 제법 인걸."

먀오 타는 씨익 웃고는 역 앞의 넓은 교차로를 향해 걷기 시작했다.

"여기에 있는 주소로 찾아가서 이야기를 들어 보는 거야."

고양이 탐정

인터폰으로 찾아온 용건을 말하자 집주인은 선뜻 문을 열어 주었다.

먀오 타가 자신을 동물 찾는 전문가라고 말한 것이다. 딱히 거짓말이라고 할 수는 없었다.

집에는 작은 여자아이와 아이의 엄마가 있었다.

"콩타."

여자아이가 말했다. 아이는 나지막한 탁자의 맞은편에 앉아 눈을 치뜨고 우리를 보았다.

"고양이 이름이에요."

아이 엄마가 차를 내오면서 말했다.

"내가 귀를 잡아당겼어요. 배도 주물주물했고요."

아이는 거기까지 말하고 황급히 입을 막았다.

엄마는 난처한 듯이 웃었다.

"누이코는… 이 아이는 자기 때문에 고양이가 사라졌다고 생각하는 것 같아요."

"고양이는 싫증을 잘 내."

먀오 타는 누이코를 위로할 셈으로 웃었지만, 그런 일은 익숙지 않은지 사람 잡아먹는 호랑이 같은 얼굴이 되었다.

"고양이가 변덕을 부릴 때는 싫증이 나서 그런 거야. 아마도 생활의 균형이 깨지는 것을 방지하려는 본능 때문인 모양이야. 물론 안 그런 고양이도 있지."

"그럼, 바깥 생활에 싫증 나면 다시 돌아올까요?"

엄마가 물었다.

"그게, 꼭 그렇다고 할 수도 없습니다."

먀오 타는 무릎 꿇고 앉아 있는 게 못 견디겠는지 자꾸만 엉덩이를 오른쪽으로 내렸다 왼쪽으로 내렸다 했다.

"바깥 생활은 하루하루가 새롭기도 하고, 좋아하는 고양이가 생길 가능성도 있으니까요."

"으앙!"

금세 누이코가 반응했다. 장난하는 줄 알았지만 순식간에 눈에 눈물이 고였다.

"공타에 대해서 말해 주세요."

내가 말했다. 단서가 필요했다.

"아 그게, 벽보에 쓴 게 전부인데."

엄마가 말했다.

"호랑이 같은 줄무늬에, 꼬리는 조금 굽었고, 빨간 목줄을 하고 있어."

그때 냐옹, 하고 작은 울음소리를 내며 갈색 얼룩 고양이가 거실로 들어왔다. 살금살금 걸어와 마치 회의에 참여라도 하려는 듯이 탁자 끝에 와서 앉았다.

"애는 누구예요?"

네무가 물었다.

"냐오코."

엄마가 대답했다.

"콩타와는 사이가 아주 좋았던 아이라 요즘 기운이 쑥 빠져 있어."

"밥도 안 먹어."

누이코는 네무를 향해 큰 소리로 말했다. 그리고 자신의 말에 놀랐는지 아앙, 하고 또 울음을 터뜨렸다.

나는 놀랐다.

혹시 이게 '슬픔'?

이유는 모르지만 왠지 그런 생각이 들었다. 물론 짜증이 나서 울거나, 소리치거나 하는 아이도 있다. 하지만 누이코는 단지 짜증을 내는 것은 아닐 것 같은 기분이 들었다. 아직 슬픔이란 감정이 남아 있는 사람도 있다는 건가.

기억이 나지 않을 뿐이지 나도 어릴 때는 슬픔이란 걸 알았을까.

누이코의 어두운 표정은 엄마의 난감한 얼굴과 어딘

지 모르게 달랐다.

네무는 누이코와 냐오코를 번갈아 보고 있다. 그 얼굴에, 그, 엷은 빛이 떠올라 있었다.

만일 고양이를 찾지 못한다면….

누이코는 계속 울면서 지낼까.

나는 마음속으로 생각했다.

그런 것이 슬픔이라면 빨리 어딘가로 치워 버리면 된다.

그리고 공타에 대한 기억도 머릿속에서 지우면 된다.

우리 아빠가 엄마에 대해 기억하지 못하는 것처럼.

"실례 많았습니다."

먀오 타가 일어났다. 그리고 몸을 부르르 떨었다.

"저기요, 찾을 수 있을까요?"

엄마가 따라 일어나면서 물었다.

"찾아보겠습니다."

먀오 타는 그렇게 말하고는, 긴 다리를 앞뒤로 절뚝이며 곤충처럼 걷기 시작했다.

'다리가 저린 거야.'

요상하게 걷는 먀오 타를 나와
아줌마는 걱정스레 바라보았지만,
누이코는 왠지 네무를 눈부신
듯이 눈으로 좇으며 그 등에 대고
작은 소리로 "부탁해"라고
말했다.

"자, 그럼."

먀오 타가 말했다.

"이제 어쩌지?"

나무로 둘러싸인 산울타리 사이사이를 들여다보기도
하고, 여기저기 좁은 틈을 살펴보기도 하고, 저마다 고
양이 보호자의 집 주위를 얼추 돌아보고 나서 우리는 그
네가 있는 작은 공원에 모였다. 짐작은 했지만 역시 아
무런 성과가 없었다.

"전문가들의 방식 같은 거, 없어요?"

나는 먀오 타에게 물었다.

"있지. 행동 범위를 정하면서 포획 틀을 설치해 두고

평소 먹는 음식을 넣어 두거나, 감시 카메라를 달아 두거나 하는 방법이 있긴 한데 말이야."

먀오 타는 말하고 팔짱을 꼈다.

"하지만 이번에는 너희가 해결해야 하지 않겠니? 여름방학의 추억 만들기, 해야지?"

나는 공원을 둘러보았다. 강아지를 데리고 나온 아저씨가 나무 그루터기에 앉아 쉬고 있다. 여자아이들이 줄넘기 연습을 하고 있고. 청년이 공원 입구 앞길에서 세차를 하고 있다. 주변은 평범한 주택가이며, 집집마다 부엌 창문이 공원과 거의 맞닿을 듯이 나 있다.

"네무, 어쩔 거야?"

내가 물었다. 무슨 의미로 그렇게 물었는지, 나도 모르겠다. 공타를 찾아 주기를 바라는 것 같기도, 무슨 일이 일어날까 겁을 내는 것 같기도 하다.

고개를 숙이고 있는 네무는 이미 어떻게 할지 결정한 듯이 보였다. 그 모습이 조금 전의 엷은 얼굴과 겹쳐 보였다. 누이코의 슬픔과 관련이 있는 것 같았다.

"냐오코한테 찾아 달라고 할 거야."

네무는 턱을 쓱 치켜들었다.

"사이가 아주 좋았으니까."

그렇게 말하고 눈을 감았다.

다음 순간, 주변 사물들이 흐릿하게 움직이는 것 같았다. 깜짝 놀라 자세히 보니 그것들은 동그란 동물 모양을 띠기 시작했다. 그러더니 순식간에, 얼마나 될까, 넉넉히 수백 마리는 될 것 같은 갈색 얼룩 고양이들이 공원을 가득 메웠다.

"우아!"

그것들은 우리 다리 밑에도 잔뜩 엉겨 붙어서 걸음을 뗄 수 없을 정도였다.

개가 짖고, 아저씨도 짖고, 줄넘기 연습하던 아이들은 비명을 질렀다.

"자, 콩타를 찾아와!"

네무가 명령하자 무수한 냐오코들이 일제히 야옹, 하고 울었다. 그 울음소리가 땅울림과 겹쳐지자 동시에 공원 바닥이 거대한 갈색 얼룩 고양이의 카펫처럼 꿈틀거렸다.

주택가가 뒤집어질 듯이 소란스러워졌다.

길 가던 사람은 멍하니 서 있었고, 냐오코들은 잇따라 담 위로 뛰어 올라가 아무 집이나 골라 들어가서 마당을 차지했고, 택배 트럭을 가로막았다.

"소동이 벌어졌네."

네무는 텅 빈 공원에서 그렇게 말했다.

"하지메, 가서 누구에게든 말하고 와 줄 수 있어? 이건 정말로 유령이 한 짓이라고. 이런 일을 할 수 있는 건 유령뿐이라고 말이야. 난 유명한 유령이 되고 싶어!"

딸랑.

방울 소리가 울렸다.

머리에 삿갓을 쓰고, 검은색 가사를 걸친 스님이 공원 입구에 서 있었다.

탁발승 겐조

"사람이 아닌 것이 있는 게로군."

삿갓 아래서 남자가 중얼거렸다. 목소리가 오래 쓴 수건처럼 뻣뻣하다. 한 손에 방울을, 다른 손에 낡은 밥그릇을 들고 있다. 한 걸음, 한 걸음 다가왔다. 걸음을 뗄 때마다 작게 딸랑, 딸랑, 하고 방울이 울렸다.

"탁발이라…."

먀오 타는 중얼거리고 스님을 가로막듯이 한 발 내디뎠다. 그 손에는 누이코에게 받은 콩타를 찾는 전단이 쥐어져 있다.

"이 세상 것이 아닌 냄새."

삿갓 아래에서 나오는 중얼거림.

"미안하지만, 지금 시주 같은 거 할 시간 없거든요."

먀오 타는 스님을 노려보면서 네무를 흘끗 보았다.

"소승은."

남자는 말했다. 소승이란 자기를 가리키는 말일까.

"부처님에게로 안내하는 자."

스님에 대해서는 어렴풋이 알고 있다. 장례식이란 것을 주관하거나 염불을 외기도 한다고 들었다. 탁발승이란, 시주 그러니까 기부를 받으러 돌아다니는 스님이다.

할머니에게 들었는데, 옛날에는 장례식이란 것이 있었다고 했다.

요즘은 거의 들어 본 적이 없는 말이다.

"소승은 이상한 사람이 아니오. 겐조라 하오."

그렇게 말하고는 목에 맨 주머니에 방울과 밥그릇을 집어넣고, 쓰고 있던 삿갓을 벗었다. 볕에 그을린 얼굴과 까까머리가 드러났다.

삿갓 아래서 날카롭게 번뜩이는 눈으로 줄곧 네무를 보고 있었던 모양이다.

"이 소동은 네가 벌인 짓이냐."

겐조라는 스님은
거듭 말했다.

"사람이 아니군."

"그럼, 뭐 같아요?"

네무는 물었다. 소동,
이라는 말을 들어서

조금 뿌듯한 모양이었다.

"소승은 영혼을 구하고, 자비를 베풀고 싶은 사람이오."

겐조는 네무가 묻는 말에는 대답하지 않고 말했다.

"허나, 그 영혼이 세상에서 사라지고 있지."

"영혼이 뭐 먹는 거예요?"

네무가 말했다.

"에이, 장난하지 마."

나는 네무에게 말하고는 겐조를 보았다.

"저희가 지금 좀 바쁜데요."

"저 아이의 이야기를 좀 듣고 싶다만."

겐조가 말했다.

내가 위험하다고 속삭이기도 전에 네무는 먀오 타를 가리켰다.

"이 언니도 유령을 찾고 있대요."

겐조의 눈꺼풀이 셔터처럼 반쯤 내려갔다.

"그쪽은."

"'멸종위기존재 보호기구'의 먀오 타."

"보호기구? 설마 영혼을 보호한다는 거요?"

겐조는 수상쩍다는 투로 물었다.

"맞아요, 그 설마예요."

"참 어처구니없는 이야기로다. 설사 그게 가능하다 해도 그저 보호만 해서는 아무짝에도 소용이 없소. 본래 유령이란 떠도는 영. 성불하여 부처님이 되고, 언젠가 사라지는 것이오."

겐조의 얼굴은 담담했지만 목소리에는 깊은 울림이 있었다.

"허나 요즘은 모두가 성불하지도 않은 듯한데 줄어들고 있단 말이오. 그건 성불하기 위해 떠돌아야 할 힘을 잃었기 때문이 아니겠소?"

"호오. 요즘 유령은 의욕이 없다는 말씀인가."

먀오 타는 말했다.

"그래서? 다시 단련이라도 시키겠다는 거요 뭐요?"

"소승은 한 영혼, 한 영혼에게 가르침을 주어 떠돌 수 있는 힘을 갖게 하고 싶다오. 그리되면 유령은 사라지지 않고 성불할 수 있지요."

"지금 당신이 대체 무슨 말을 하는지 도통 모르겠는데."

먀오 타는 이를 드러내고 웃었다.

"하지만 유령이 사라진다면 중들은 난감하겠지. 그건 알 만해요. 더 이상 영업을 못 할 테니까 말이야."

겐조의 눈동자가 날카롭게 흔들렸다.

"그리 말하는 먀오 님은 유령을 보호해서 어쩌시게?"

"과학적으로 증식할 방법을 생각하고 있죠."

"유령을, 말이오?"

"맞아요, 유령을."

먀오 타는 입술 끝을 비틀어 올리듯이 웃었다. 입을 잘못 벌렸다가는 알알이 박힌 이가 우수수 쏟아지기라도 한다는 듯이.

"사람들은 진정한 진보를 비웃는 법이지."

"비웃은 건 아니오."

겐조는 눈썹을 꿈틀거리고는 네무 쪽을 보았다.

"유령은 그걸 받아들이지 않을 거요."

"음, 글쎄요."

네무는 씩씩하게 말하고는 갑자기 폴짝폴짝 뛰었다.

"아, 저기 봐요! 벌써 돌아왔어요!"

살금살금 걸어오는 수백 마리의 고양이들에 둘러싸여 냐오코가 공원 입구에 차들이 못 들어오게 막아 놓은 말뜩 아래 모습을 드러냈다. 그 바로 뒤에는 호랑이 같은 줄무늬 고양이가 냐오코와 뒤엉킨 듯이 착 붙어서 걸어오고 있었다.

갑자기 으르렁거리는 소리가 났다. 화들짝 놀라 돌아보았다. 그것은 처음 듣는, '수마트라 호랑이'의 배 속 깊은 곳에서 나오는 커다란 웃음소리였다.

먀오 타는 오른손에 든 전단을 들어 올리고는 팔락, 하고 한 번 흔들었다.

"네무, 너는 최고의 유령이야."

"홍! 아는 유령이라고는 나뿐이면서."

네무는 입을 비죽이고는 수줍은 듯이 살짝 웃었다.

전단 사진과 비교해 볼 것도 없었다. 냐오코와 함께 발밑에 온 줄무늬 고양이는 빨간 목걸이를 한 공타였다.

반딧불이 다리에서

"유령이라고요?"

누이코 엄마는 놀랐는지 눈을

동그랗게 떴다.

"나는 알고 있었는데."

잠시 울음을 그친 누이코는 그렇게 말하고 금세 다시 울기 시작했다. 그 품에는 콩타가 눈을 감은 채 얌전히 안겨 있었다.

"마을에 냐오코랑 똑같이 생긴 고양이가 수백 마리나 나타난 거 말이에요. 그거 혹시 유령이 한 일인가요?"

엄마가 물었다.

우리는 현관에 선 채로 이야기를 나누었다. 누이코 엄마가 "좀 들어오세요" 하고 권했지만 먀오 타가 "아, 아니에요, 여기서 해도 됩니다"라고 손사래를 치면서 안으로 들어가기를 극구 사양했다. 아까 방바닥에 무릎 꿇고 앉아 있을 때, 어지간히 다리가 저렸던 모양이다.

"저어, 자세한 내막은 모르겠지만 말이에요."

엄마는 정신을 가다듬고 다시금 머리를 숙였다. 벌써 몇 번째인지 모른다.

"아무튼 어떻게 사례를 드려야 할지…"

"아니에요, 사례 같은 거 안 해도 돼요."

네무는 펄쩍 뛰고는 말했다.

"유령의 짓이라고 법석을 떨기만 하면 돼요."

"아, 재미있었다."

누이코와 엄마의 배웅을 받으며 현관 밖으로 나오자 네무는 기지개를 켜며 말했다.

"소동 벌이는 거 재미있어."

하지만 나는 알 수 있었다. 네무는 지금 숨결을 다 써 버려서 몹시 지쳐 있다는 것을.

어느새 점심때가 훌쩍 지났다. 점심도 못 먹었다. 하늘이 살짝 흐린 데다 바람까지 불자 티셔츠 밖으로 나온 팔이 차가웠다.

"어허 참!"

모퉁이의 전봇대 뒤에 겐조가 서 있었다. 겐조는 삿갓

을 벗고 말했다.

"네무 님의 친절에는 아주 감탄을 했소이다."

"아직도 안 간 건가?"

먀오 타가 쏘아붙였다.

"주인아주머니가 연신 고맙다고 말하는 소리가 집 밖에까지 들리더구먼."

겐조는 네무에게 감동했는지 그렇게 말을 건넸다.

"네무, 하지메. 점심 먹고 가자."

먀오 타는 겐조에게 등을 돌리고 말했다.

"저는 돈이 없는데요."

내가 말했다.

"내가 사 줄게. 둘 다 고생했는데, 당연히 사 줘야지."

먀오 타는 고개를 끄덕이며 말했다.

"인정 많은 먀오 님. 그거 좋은 제안이오."

겐조가 끼어들었다.

"그럼, 소승도 좀 얻어먹지요."

"당신한테 내가 왜!"

먀오 타는 버럭 소리쳤다.

"밥 얻어먹는 데 무슨 이유가 있겠소이까."

겐조는 한 손에 들고 있던 밥그릇을 조용히 내밀었다.

"탁발승이 시주를 받는 건, 아주 당연한 일이오."

다시 역 앞으로 돌아간 우리는 상가 건물 2층 창문에 걸린 체인점 레스토랑 간판을 발견하고 거기로 들어갔다.

"가족처럼 보이려나."

부스 안에 있는 빨간 소파에 엉덩이를 밀고 들어가 앉으면서 나는 중얼거렸다.

"뭐?"

먀오 타는 겐조를 보면서 소름 끼친다는 듯이 얼굴을 찡그렸다.

"아, 패밀리 레스토랑이라 그냥 한번 말해 본 거예요."

나는 재빨리 그렇게 둘러댔다.

엄마는 수마트라 호랑이고, 아빠는 탁발승. 아이들은 초등학교 5학년 남자아이와 유령.

조금 이상하긴 하지만 이런 가족도 있을 수 있겠다고 생각했다.

"흐음 어쩐다…, 이 몸은 고기와 생선을 멀리해야 하는데."

겐조는 메뉴를 훑어보면서 난처한 듯이 말했다.

"그럼, 왜 따라왔냐고."

먀오 타는 퉁명스럽게 쏘아붙였다.

나는 미트소스스파게티를 먹었다. 네무는 모시조개를 넣은 봉골레스파게티를 주문했지만 먹지는 않고 빤히 바라만 보았다.

"안 먹니?"

먀오 타가 물었다.

"네."

네무는 두 손을 탁자 아래 허벅지에 내려놓고 접시에 눈을 떨어뜨린 채로 말했다.

"보고만 있어도 좋아요."

"그럼 굳이 주문할 거 없었는데."

먀오 타가 말했다. 아주 조용히.

"아니에요. 이러고 있는 것만으로도 기쁜걸요."

그렇게 말하는 네무의 모습이 창문으로 비스듬히 들어오는 빛 속에 흐물흐물 녹아내릴 것만 같았다. 겐조는 그런 네무를 뭔가에 얻어맞은 듯이 바라보고 있었다.

겐조는 마지못해 해산물 샐러드를 꾸역꾸역 먹었다.

"자, 가자."

먀오 타는 역 뒤에 있는 주차장으로 걸어가면서 돌아보았다.

"이거 봐요. 설마 계속 따라올 생각은 아니죠?"

"소승도 함께 가리다."

대답한 겐조는 언제 꺼내 들었는지 손에 든 방울을 딸랑딸랑 흔들었다.

"유령을 구하겠다는 먀오 타 님과 소승은 같은 목적을 가진 동지. 이것저것 따질 거 뭐 있겠소이까."

그렇게 해서 승합차는 나와 네무 그리고 뒷자리에 겐조까지 태우고 달리기 시작했다.

가로등 불빛이 하나둘 켜지자 묘하게 굽이굽이 이어

지는 희끄무레한 가드레일만 모습을 드러냈다. 허공을 가르지만 결코 바닥은 내리치지 못하는 채찍 같은. 논과 밭에는 어둠이 시가지보다 빠르게 내려앉아 가드레일 너머는 마치 아무것도 없는 것 같았다.

할머니 집이 가까워지자 어둠이 한층 짙어졌다. 농로도 잡목림도, 자동차의 전조등 불빛이 닿는 부분이 전부인 것 같았다.

낮에는 보지 못했는데 이따금 칸나꽃이 있었다. 반사 표지판처럼 전조등 속에서 푸르스름한 은빛으로 빛났다가 이내 사라져 버렸다.

농로 끝 다리 옆에 이르자 먀오 타는 속도를 늦췄다.

"저기 봐."

우리는 고개를 돌려 차창 밖의 시냇가를 보았다.

밤 비행기가 고도를 낮출 때, 창밖으로 드문드문 보이는 거리의 불빛 같았다.

"반딧불이야."

나는 말했다.

"멸종 위기에 처한 빛이지."

먀오 타가 말했다.

"저 애들도 그렇구나."

네무가 말했다.

우리는 강 옆길에 멈춘 승합차에서 내려 다리 위로 가
서 내려다보았다.

"네무 님."

뜬금없이 겐조가 말을 건넸다.

"부처님은 어떻게 생기셨던가요?"

"부처님이란 건 본 적 없어요."

"그렇군. 아까 그 자애로운 모습을 보고, 부처님은 혹
시 네무 님 같은 분이 아닐까 싶었다오."

"소동 피운 거 말이에요?"

"예."

"언젠가 만날 수 있으면 좋겠네요, 그 부처님이란 사
람…."

그 목소리가 갑자기 멀어졌다. 네무는 어느새 강가에
내려가 있었다.

"유령이라서 미안해요."

난간을 넘어서 내려가지 않고 스르르 통과했으니
아무도 몰랐던 거다.

"네무 님."

"네무."

우리가 불렀다.

대답은 없었지만 네무가 강가를 걸어가고 있다
는 것은 알 수 있었다. 네무가 지나간 길을 따라
마치 작은 불똥이 튀듯이 반딧불이의 불빛이 흩
어졌으니까.

8월 15일, 사흘째

유령과 함께 점심 식사

아침에 일어나서 오늘의 숙제를 마치고 나서 평소처럼 공항을 돌아다녔지만 그전처럼 마음이 들뜨지 않았다.

머릿속에 퍼뜩 양말에 대한 생각이 스쳤다.

네무가 마을에서 소동을 벌일 때 먀오 타는 몇 번이나 구두 안에 손을 넣고 양말을 끌어올렸다. 겐조도 자꾸만 조리를 벗고는 버선을 끌어당겼다. 누이코네 집에 들어갈 때, 나와 먀오 타의 양말은 발바닥까지 말려 내려가 있었다.

내 복사뼈 양말 탓이 아니라 네무 옆에 있으면 모두 그렇게 되는 모양이다, 이유는 알 수 없지만. 나는 공항 건물을 바라보면서 그런 생각을 하고는 피식 웃었다.

나는 대문 안으로 들어가 손바닥만 한 마당을 지나서 현관문을 열었다. "다녀왔습니다" 하고 말하려는데 할머니가 누군가와 두런두런 이야기하는 소리가 들렸다.

먀오 타나 겐조가 온 줄 알았다. 바로 어제 그들과 함께 있었으니까. 하지만 뜻밖에도 부엌 식탁에 앉아 있는 건 네무였다.

"네무."

놀란 나는 웅얼거렸다.

"앗, 과자를 먹네!"

"어서 와."

네무는 의자에 앉은 채 몸을 돌려
나를 보았다.

"먹는 거 아닌데."

"아이고, 내 정신 좀 봐. 점심 준비하다 말고 수다만 떨고 있었네."

할머니는 얼른 의자를 빼고 일어났다.

"네무, 점심 먹고 가렴."

"고맙습니다. 안 먹을 거지만 감사해요."

네무는 생글거리며 말했다.

"우리 집을… 어떻게 안 거야?"

나는 식탁 의자에 앉으면서 물었다.

"당연히 알지."

"그 정도는 아는 모양이더라."

할머니는 등을 돌린 채로 말했다. 양배추 한 통을 두 쪽으로 가르는 소리.

"할머니, 혹시 네무를 알아요?"

"하지메, 역시 유령을 만났구나."

할머니는 묻는 말에는 대답하지 않고 말했다. 두 쪽으로 자른 양배추를 다시 반으로 자르는 소리.

"어제는 시내에 나가서 소동을 벌였다지?"

"네, 그랬어요."

나는 나도 모르게 네무를 쏘아보았다. 할머니한테는 네무 이야기를 하지 않았다. 시내에 나가서 먀오 타와 함께 집 나간 고양이를 찾아 주었다는 이야기밖에 하지 않았다.

"걱정 마. 전봇대 구부린 이야기 같은 건 안 했어."

말하는 네무를 향해 나는 황급히 입에 집게손가락을 세웠다.

"반딧불이도 봤다지?"

할머니가 물었다. 썩, 탁, 썩, 탁, 썩, 탁, 양배추를 잘게

썰고 있었다. 양배추의 '썩'과 도마의 '탁'이 거의 동시에 울렸다.

"네. 예뻤어요."

썩, 탁, 썩, 탁.

"…해."

"예?"

나는 되물었다.

"위험해."

할머니가 한 번 더 말했다. 썩, 탁, 썩, 탁.

"밤의 강은."

"에이, 괜찮아요. 그렇게 얕은 강은."

"괜찮아요."

네무가 말했다. 할머니가 냉장고에서 생면 세 봉지와 돼지고기를 꺼냈다. 볶음면 재료다.

"제 것은 담지 마세요. 저는 보기만 할게요."

"어떻게 그러니."

할머니가 웃었다. 프라이팬 밑에서 가스 불꽃이 올라왔다.

볶음면 세 접시가 식탁에 놓이자, 네무는 "잘 먹겠습

니다!" 말하고는 생글생글 웃으며 보고만 있었다. 결국 볶음면은 나와 할머니만 먹었다.

네무는 한 입도 먹지 않았다. 볶음면을 보면서 행복하게 웃을 뿐이었다.

"맛있어?" 네무는 물었고, 나는 "맛있어" 대답했다. 그때의 기분을 나는 몇 년이 지난 후에도 종종 떠올리곤 했다.

슬픔의 빛깔

"하아."

할머니는 한숨을 내쉬고 젓가락을 탁, 소리 나게 내려놓았다.

"할머니, 네무 것도 드시지 그래요?"

나는 내 접시를 깨끗이 비우고 나서 말했다. 네무도 고개를 끄덕이고는 손도 대지 않은 볶음면 접시를 할머니 쪽으로 밀었다.

"더 먹고 싶어서 그런 게 아니야."

할머니는 소리 없이 웃고는 지그시 눈을 감았다.

"그만 생각이 났지 뭐니. 슬픈 일이."

"슬픈 일이요?"

그 말을 들으니 왠지 불안해졌다. 할머니의 얼굴이 어두웠다.

'슬픔.'

마치 유령처럼 옛날에는 있었는데 어딘가로 사라져 버린 것.

눈에 보이는 것도 같고, 보이지 않는 것도 같고. 그 점은 유령과 비슷하다.

고양이를 잃어버린 누이코의 마음속에 웅크리고 있던 그 무엇.

"슬픔이란 거, 할머니도 알아요?"

"잊어버렸어."

할머니가 희미하게 웃은 것 같았다.

"옛날에는 알았지만 말이야."

"슬픔은 어떤 거예요?"

내가 묻자 할머니는 천천히 대답했다.

"글쎄다, 생각이 나는 것도 같고… 잘 모르겠구나. 정말로 잊어버렸다면 그걸 알았다는 사실조차 떠오르지 않았을 테지.”

“그럼 정말 있었던 거네요?”

내가 물었다.

“있었지.”

할머니의 미간에 보일락 말락 주름이 잡혔다. 눈을 가늘게 뜬 것 같기도, 감은 것 같기도 했다.

“분명히 있었어. 하지만… 글쎄다.”

거기까지 말하고 할머니는 뒷말을 삼켰다.

“있다고 해야 하나, 없다고 해야 하나.”

네무가 학원 놀이를 할 때의 말투로 말했다.

“없는 것이, 있다고 해야 할까.”

“잘 모르겠지만.”

나는 고개를 끄덕였다.

“왠지, 조금, 아쉬워.”

“아마, 아쉽지 않을걸.”

네무는 엷게 미소 지었다.

그 미소가 할머니 얼굴에 떠올랐던 빛깔과 무척이나 닮았다.

유괴당하는 거야?

"네무, 오봉 기간이 끝나면 돌아갈 거지?"

우리는 툇마루에 앉아 있었다. 말이 툇마루지, 복도에서 마당 쪽으로 난 문을 열어 놓고 그렇게 말하는 것뿐이다. 오후가 되면 그늘이 지고 바람도 들이친다.

"다른 때는 그랬지."

그럼 이번에는? 하고 물으려다 그만뒀다. 유령 나라로 돌아가는 오봉 항공은 아마 없을 거다. 네무는 어떻게 할 셈일까.

"하지메, 너도 집에 갈 거잖니."

우유 맛 막대 아이스크림을 들고 온 할머니가 말했다. 나는 그늘진 복도에 놓인 접시에서 곧바로 막대 아이스크림을 집어 들었다. 네무도 "우아!" 하고 반가운 듯이 웃었다.

"오늘도 소동을 벌일 거야?"

"으음, 그러게."

나는 내년에도 만날
수 있느냐고 물으려다

그만뒀다.

막대 아이스크림은 어느 순간부터 빨리 녹는다. 총총총, 다음 일정이라도 있는 것처럼 다급한 걸음으로 녹아내린다. 나는 허겁지겁 아이스크림을 핥았다.

"붙잡히는 게 좋을까."

네무는 나직이 내뱉었다.

"모두 나를 구해 주려고 하잖아."

정말 그럴까. 먀오 타와 겐조가 진심으로 네무를 위해서 구하려는 것일까. 나는 아직 확신이 없었다.

퍼뜩 생각나서 물었다.

"네무, 해마다 오봉이 되면 오는 거야?"

"아니."

네무는 고개를 저었다. 접시 안의 막대 아이스크림은 온데간데없고 하얀 우유와 나무 막대기만 남아 있다. 강물에 떨어져 있는 다리처럼.

"혹시, 유령 나라를 구하기 위해서 온 거야?"

"그냥 비행기를 타고 싶었어. 하지메도 그랬잖아."

입은 웃고 있었지만 눈은 앞머리에 가려 보이지 않았다. 네무는 그렇게

말하고 마당으로 훌쩍 내려섰다.

"그만 갈게."

"왜, 벌써 가게?"

식탁에 앉아 있던 할머니가 말했다.

"잘 먹었습니다."

네무는 유령처럼 스르르 사라지지 않았다. 걸어서 문 밖으로 나갔다.

"나는 비행기를 타는 것보다 보는 걸 좋아해."

그러고 보니, 나는 언제부터 비행기를 좋아하게 된 걸까.

언제부터인지는 모른다. 하늘에 비행기 같은 형태가 떠 있는 걸 보면 몸이 먼저 반응했다, 움찔, 하고 떨렸다. 비행기구름을 발견하면 하염없이 바라보았다. 그쯤 되면 병이라고, 친구들이 놀렸을 정도다.

네무를 만난 이후로 비행기에 대한 관심이 조금 사그라진 것 같긴 하지만.

불안해진 나는 얼른 현관으로 가서 신발을 신고 네무를 뒤쫓아 갔다.

그리고, 붙잡혔다.

　길모퉁이를 돌아가다 별안간 뒤에서 덮쳐 온 초록색 그물에 꼼짝없이 잡히고 말았다.

　"지금 뭐 하는 거예요!"

　나는 그물에 갇힌 채로 뒤돌아서 말했다.

　"잘못 잡았어요. 먀오 타, 나라고요!"

　"아니, 잘못 잡은 거 아냐. 다쓰미 하지메."

　"뭐라고요?"

　나는 어이가 없었다.

　"그럼, 나를 인질로 잡은 거예요? 네무를 못 잡으니까?"

　"인질이 돼 줄 거니?"

166

먀오 타는 그렇게 물었다. 웬일로 사나운 표정이 아닌 미안해하는 얼굴이다.

"시간이 없어. 오봉은 오늘과 내일, 딱 이틀 남았어."

오봉이 끝나도 어쩌면 네무는 돌아가지 못할지도 모른다. 돌아가지 못하면 무슨 일이 일어날까. 지금처럼 무사히 지낼 수 있을까. 그걸 모르기 때문에 대답할 수가 없었다.

"먀오 타."

그 말을 꺼내기 위해서는 엄청난 용기가 필요했다. 내 안에 있는 용기를 마지막 한 방울까지 쥐어 짜내어 말했다.

"부탁할게요. 네무를 도와줘요."

"말했잖니. 우리는 멸종위기존재 보호기구야. 유령을 보호하기 위해 왔대도."

달라요. 나는 작게 숨을 들이마셨다. 먀오 타, 유령을 보호하는 것과 네무를 구하는 것은 전혀 다르다고요.

나는 그 말을 삼켰다. 하지만 내버려 두면 유령은 멸종된다. 그렇다면 해야 한다.

"알았어요. 한번 돼 보죠 뭐. 언제 이런 인질극에 참여

해 보겠어요."

무엇하고도 바꿀 수 없는 체험이랄 것까지는 없지만,
그래도 분명 쉽게 경험할 일은 아니다. 더구나 몸값을
요구하는 것도 아니고 유령과 맞바꿀 뿐이다.

먀오 타는 들고 있던 막대기의 스위치를 눌렀다. 순식
간에 초록색으로 빛나는 그물이 내 몸에 착 감기고, 나는
꽁꽁 묶인 모양새가 되었다. 먀오 타는 그런 나를 번쩍
들어 어깨에 메더니 세워 둔 승합차 안에 휙 내던졌다.

롱나무집의 결투

강폭이 넓은 강을 한 번 건넜다. 아마도.

네무와 함께 건넜던 그 시내와 이어진 강일까. 그건
알 수 없었다.

차창 밖의 풍경이 어느새 파란 하늘에서 밝은 갈색 바위와 푸릇푸릇한 나무로 바뀌었다. 이따금 나뭇잎 사이로 내리비치는 햇살이 탄산수가 톡톡 쏘아 대듯 법석을 떨고는 휙 지나갔다.

비포장도로에 들어선 차는 빠드득빠드득 바퀴 소리를 울리며 비탈을 올라가 마침내 나무 그늘 옆길로 들어가서야 멈췄다. 승합차에 실린 채로 10분 정도 달려온 것 같았다.

"다 왔다."

운전석 문이 열리고 땅을 밟는 발소리가 났다. 눈앞의 문이 옆으로 스르르 열리더니 먀오 타의 모습이 보였다. 나를 묶고 있는 잠자리채의 막대기 어딘가를 만지자 삐 하는 전자음이 울리면서 그물이 사라졌다.

"자, 인질, 나오시지."

"인질이 도망칠지도 몰라요."

나는 그렇게 말하고 밖으로 나왔다.

"묶은 채로 매고 가는 게 좋을 텐데요?"

"비꼬지 마. 묶어 둔 척한 것뿐이잖아."

먀오 타는 웃었다. 네무를 유인하기 위해서는 묶인 모

169

습을 보여 주는 게 효과적이기 때문일 거다.

차로 10분 정도의 가까운 거리에 이런 깊은 산속 풍경
이 펼쳐지다니 놀라웠다. 게다가 근사한 통나무집도 있
었다.

"아지트 같지는 않네."

나는 먀오 타와 나란히 적갈색 흙을 밟으며 통나무집
을 향해 걸었다. 집은 온통, 심지어 현관 문틀까지 통나
무로 되어 있었다. 집 아래에는 네 단 정도의 계단이 있
었다.

"그런 말도 아네."

먀오 타는 나를 보고 한쪽 눈썹을 치켜올렸다.

"이건 잠시 빌린 거야. 그리고 우리가 무슨 악의 조직
도 아니고."

묵직한 통나무 문을 열자 바로 거실이었다. 거실은 널찍했고, 금방 산 것 같은 새 탁자와 소파가 자리 잡고 있었다. 거의 비워 둔 별장인지 사람 냄새가 나지 않아서, 마치 나와 네무를 납치하기 위해 하룻밤 만에 뚝딱 지은 것 같았다.

"앉아."

먀오 타는 먼저 1인용 소파에 앉으면서 나에게 권했다. 소파에서 뀨욱, 소리가 났다.

"좀 궁금한 게 있는데요."

나는 맞은편의 3인용 소파 끝에 살짝 엉덩이를 걸쳤다. 역시 뀨욱, 소리가 났다.

"왜 보호해요?"

"보호하는 게 일이니까."

정장 차림의 먀오 타는 다리를 꼬고 앉았다. 어제도 똑같은 회색 정장을 입었는데, 구김 없이 말쑥한 걸 보면 같은 옷을 여러 벌 가지고 있는지도 모르겠다.

"우리 아빠도 그랬어요. 연구하는 게 일이라고. 그걸 직업으로 삼은 이유를 꼭 듣고 싶어요."

먀오 타는 허를 찔린 얼굴이었다. 쭉 찢어진 눈이 더

욱 가늘어지자 감은 건지 뜬 건지 가늠이 안 됐다. 눈동
자가 어디 있는지 알 수 없어서 괜히 불안해졌다.

"글쎄다, 왜일까나."

그렇게 말하고 먀오 타는 무릎에 시선을 떨어뜨렸다.

"아빠는? 뭐라고 하시던?"

"뻔한 대답을 하던데요, 사람들을 돕고 싶어서라고.
의사는 눈앞에 있는 사람만 구할 수 있지만, 약을 쓰면
손이 미치지 않는 수많은 사람을 구할 수 있다고요."

먀오 타는 얼굴을 들어 나를 똑바로 보았다.

"아빠가 제약 연구자시구나."

별안간 으르렁거리는 듯한 소리가 나더니 거실을 엷
은 막처럼 감쌌다. 멀리서 날아가는 비행기 소리인가,
냉장고에서 나는 소리인가. 왠지 귀에서 울리는 소리 같
기도 했다. 그러고 보니 에어컨을 켜지 않았는데도 이

통나무집은 묘하게 서늘했다. 깊은 산속이기 때문일까. 매미 소리 하나 들리지 않는 것도 이상했다.

"인정도 품앗이란 말, 들어 봤지?"

"처음 듣는 말이에요."

나는 고개를 갸웃거렸다.

"누군가를 돕는 게 결국은 자신을 돕는 것이다, 그런 뜻이야."

"그럼, 동물을 보호하는 일을 하니까 결국 자신을 보호하는 거네요?"

"그럴지도 모르지."

먀오 타는 양쪽 입꼬리를 올리고 호랑이처럼 웃었다.

"그런데, 왜 멸종하면 안 되는 거예요?"

나는 그렇게 말하고는 테라스 쪽 창문을 보았다. 내려진 커튼 밖에서 언뜻 그림자가 지나간 것 같은 느낌이 들었다.

"아무리 보호를 해도, 어차피 언젠가는 모두 멸종하지 않아요?."

"역시 어린아이야."

"내가 뭘 모른다는 말이에요?"

"반대야. 잘 알고 있다는 말이다."

그렇게 말하고 먀오 타는 소파에서 일어나 부엌 쪽으로 걸어갔다.

"마실 것도 사다 뒀군."

인간은 멸종하지 않는다 해도 내가 죽는다면 나는 멸종하는 것이다. 그것이 어떻게 다른지 알 듯하면서도 모르겠다.

먀오 타는 냉장고에서 꺼내 온 음료수 두 병을 무릎 앞에 있는 탁자에 놓고 앉았다. 소파가 또 소리를 냈다.

"네무가 올까요?"

"오겠지."

"협박장도 안 보냈는데요?"

호랑이처럼 생긴 사람은 아무런 대답도 하지 않았다. 대신 머리카락에 손을 찔러 넣고 벅벅 긁었다.

나는 대답을 알고 있었다.

네무는 이미 가까이에 와 있다.

차에서 내려 현관까지 오는 동안 이미 양말이 흘러내렸으니까.

초인종도, 노크도 없이

소파와 마주 보고 있는 현관문이 빼꼼 열렸다.

안을 들여다보던 네무가 나를 발견하고는 "앗!" 하고 놀랐다.

"후유, 다행이다."

"미안해, 네무."

나는 일어나서 말했다. 유괴 시늉으로 속인 것 같아서 마음이 찔렸지만 네무가 와 준 것은 기뻤다.

"아냐, 내가 미안해. 혼자였다면 금방 왔을 건데."

네무 뒤에서 겐조가 얼굴을 내밀었다.

"또 당신이야!"

먀오 타가 펄쩍 뛰었다. 소파가 개구리처럼 꾸엑, 하고 비명을 지른다.

"괘씸한지고. 죄 없는 어린아이를 인질로 삼다니."

겐조는 천천히 문을 열고 들어오면서 먀오 타를 꾸짖었다.

"네무 님이 같이 가자기에 따라왔소이다. 하지메 님도 이제 안심하구려."

잔뜩 위엄을 부리며 고개를 끄덕였지만 겐조는 숨이 차는지 심하게 헉헉거렸다. 그 산길을 뛰어올라 왔다면 꽤 힘들었을 거다.

"흥, 과장이 심하시네! 네무랑 얘기 좀 하려는 것뿐인데."

먀오 타는 겐조를 향해 맹수처럼 웃었다.

"미안하다, 네무. 유령을 만날 방법을 몰라서 그랬어."

"이제 시간도 얼마 안 남았고, 그쵸?"

네무는 어깨를 으쓱했다.

"그래, 맞아."

먀오 타는 솔직히 인정했다.

"다행히 늦지 않았군. 유령은 오봉 기간이 끝나면 돌아갈 테니까."

정말 돌아갈 수 있을까. 오봉 항공의 비행기가 떠야 돌아갈 수 있을 텐데.

생각이 거기에 미치자 등줄기가 서늘해졌다.

혹시 시간이 얼마 남지 않았다는 말은 곧, 네무도 다

른 유령처럼 사라져 버린다는 의미가 아닐까.

네무는 쪼르르 걸어오더니 소파의 먀오 타와 현관에 서 있는 겐조 사이의 딱 중간에 섰다.

"자, 누가 데려갈 거예요?"

"여러 번 말했지만, 나는 유령이 멸종하지 않도록 구하려는 거야."

먀오 타는 그렇게 호소했다.

"저 땡중이랑 나는 다르대도 그러네."

"소승도 거듭 말씀드리지만, 살아 있는 뭇 생명을 구하는 건 부처님의 길. 소승에게는 그런 참된 이유가 있다오. 거기 고양이 처녀에게는 그저 일에 불과할 테지만."

"뭐, 고양이 처녀?"

먀오 타는 하악, 하고 숨을 내뱉었다.

누가 봐도 고양이족으로 보이는구나 싶어서 나는 놀랐다. 조금 전 나에게 '보호하는 것이 일'이라고 말했기 때문인지, 먀오 타는 순간 할 말을 잊은 채 멍청히 있더니 이윽고 으르렁댔다.

"그쪽이야말로 사업상 하는 거겠지. 요즘 절간은 텅

텅 비었다면서. 유령이 없으면 묘지를 쓸 사람도 없겠네. 뭐 장례식을 하는 사람은 아직 있기야 하겠지. 그런데 듣자 하니, 이제 장례식에도 중은 안 부른다던데."

"뭐, 당신이 동물을 보호해? 나 참 기가 막혀서."

겐조도 순순히 듣고만 있지는 않았다.

"불쌍한 동물은 우리 가까이에도 지천으로 많소. 돼지도 있고 소도 닭도 있지. 한데 화려하고 진귀한 동물이며 심지어 유령 같은 것에 눈을 돌리는 것은 선전이 되기 때문이 아니오? 그걸 누가 모를까. 그래서 기부금은 얼마나 거둬들이시나?"

먀오 타는 몸을 바르르 떨면서 으으으, 하고 으르렁거렸다.

"네무 님."

겐조는 고개를 끄덕끄덕하면서 말했다.

"저자는 입으로만 보호한다고 할 뿐, 실제로는 실험대에 올리거나 선전에 이용하려는 꿍꿍이라오. 허니 부처님을 의지하는 편이 좋아요."

"네무."

먀오 타도 호소했다.

"저 땡중은 지금, 원한에 사무쳐서 구천을 떠돈다는 뭐 그런 구닥다리 귀신 얘기를 하는 거야. 우리는 너를 어엿한 존재로 대하는 거고."

"부처님은 자비로우시지."

겐조가 말했다.

"우리에겐 과학이 있지."

먀오 타가 말했다.

그리고 둘은 서로를 노려보면서 저마다 흘러내린 양말과 버선을 끌어올렸다.

"저기 말이에요."

둘 다 내 말이 들리지 않는 것 같아서 크게 말했다.

"저기요! 나도 생각해 봤어요. 유령을 구할 방법을."

맞붙어 싸우기 직전의 둘은 어리둥절한 얼굴로 나를 돌아보았다.

"유령은 숨결의 힘으로 자신의 모습을 드러낼 수 있어요. 숨결이란 건, 마음이나 생각 같은 거래요. 네무가 수업 시간에 가르쳐 줬어요."

나는 연설하듯이 벌떡 일어났다. 발끝까지 말려 내려간 양말 때문에 조금 비틀거리면서.

"유령이, 자신의 모습을, 드러낼 수 있는 건, 자기 스스로, 생각하는 모습과, 살아 있을 때, 주위 사람들이, 보았던 모습이, 합해져야 한대요."

그렇게 더듬더듬 말했다.

"그렇지, 네무?"

"우아, 그걸 다 기억하고 있는 거야!"

네무는 말했다.

"똑똑한 학생이네."

"유령은 자신의 숨결만으로는 모습을 만들어 낼 수 없어요. 그러니까 유령이 멸종되는 것은."

나는 말했다.

"우리가 죽은 사람을 생각하지 않기 때문이에요."

"아, 그런 거로군."

겐조는 무릎을 쳤다.

"누군가가 유령을 생각하면 사라지지 않는 거지. 그러니 네무 님은 소동을 벌여서 세상 사람들이 유령을 떠올리게 하려고 했던 것이로구먼."

"소동이 벌어지고, 그게 유령의 짓이란 걸 알면 사람들은 잠깐이라도 죽은 누군가를 생각하지 않을까 해서요."

네무는 그 엷은 얼굴로 말했다.

"하지만…"

"죽은 사람을 생각하긴 쉽지 않지."

먀오 타는 말했다.

"죽어 버리면 떠올릴 수 없게 되니까 말이야."

"사람은 죽으면 살아 있는 이들의 기억에서 사라지는 것이니."

겐조는 말했다.

"흐음, 그런 법이지."

하지만 정말로 그럴까.

나는 의아한 생각이 들었다.

왜 그럴까. 원래 그랬던 것일까.

우리 아빠도 엄마를 떠올리지 못한다.

언제부터 그렇게 된 것일까.

그때.

나는 벽에서 눈을 뗄 수가 없었다.

통나무집 벽은 바닥에서 천장까지 층층이 통나무로
쌓여 있다. 그런데 그 통나무들이 하나하나 옆으로 빠
져나가듯이 움직이는 것이었다. 모두 같은 방향으로,
하지만 저마다 다른 속도로, 마치 끝없이 긴 통나무처
럼 꼬리에 꼬리를 물고 흘러갔다.

"이건."

먀오 타와 겐조도 통나무의 움직임을 알아차리고는
사방을 둘러보았다. 벽을 이루는 모든 통나무들이 마
치 전광판의 문자처럼 옆으로 계속 내달렸다.

"네무."

내가 불렀다.

"이거, 혹시."

골똘히 생각에 빠져 있던 네무는 그제야 퍼뜩 정신이
든 모양이었다.

"유령 나라로 이어지는 것인지도 몰라."

"이어져?"

겐조가 물었다.

"이어진다고 해야 할까, 아니면 스며든다고 할까."

네무가 말했다.

"스며들어?"

먀오 타가 물었다.

"스며든다고 하나."

네무는 귀찮은 듯이 딱 잘라 말했다.

"유령 나라가 된다고요, 여기가."

"왜?"

나는 소리치듯이 물었다. 윙윙 귀울림이 일어서 소리
가 잘 들리지 않았다. 네무가 좀처럼 없는 일이라고 말
했던 일이 지금 일어나려 하고 있다.

"왜냐고?"

네무도 소리를 질렀다.

"나도 잘 모르겠지만 양배추랑 고기의 균형이 깨진 것

같아."

방을 둘러싼 통나무의 움직임에 점점 속도가 붙어 눈으로 좇을 수 없을 만큼 빨라졌다.

바로 옆에 멈춰 선 열차가 서서히 움직이기 시작하면 이쪽 열차가 움직이는 것처럼 느끼게 된다. 방의 벽이 내달리자 마치 우리가 날아가는 듯이 발밑이 둥둥 떴다.

"으앗!"

우리는 동시에 비명을 질렀다.

마침내 통나무 하나가 휘익 날아갔다.

속도를 견디지 못하겠다는 듯이 통나무는 휘잉휘잉 소리를 내면서 잇따라 빠져나갔다. 순식간에 벽이 없어지고, 지붕도 날아가면서 산산이 흩어졌다.

그리고 통나무집은 멈췄다.

아니, 정확히 말해 움직인 것은 통나무집 자체가 아니라 벽을 이루는 통나무들이었지만 그곳은 이미 산속이 아니었다.

폭풍이 지나간 것처럼 벽과 지붕은 날아가서 온데간데없고, 마룻바닥에는 소파와 탁자만 덩그러니 남아 있었다. 우리는 낯선, 커다란 다리 앞에 있었다.

그곳은 높직해서 강폭이 넓은 강이 한눈에 들어왔다. 하늘은 과학실 커튼처럼 엷은 물빛이다. 태양은 보이지 않았지만 하늘은 환했고, 강물이 초록빛을 띠는 것으로 보아 강 너머에 있는 산을 비추고 있는 것 같았다.

날씨는 더없이 화창하다. 바람이 살랑살랑 불지만 춥지도 덥지도 않다. 산과 강이 뿜어내는 은은한 풀과 나무 냄새가 주위에 떠돈다.

이 다리를 건너자

"강물이 솟아올라!"

네무가 말했다. 강을 내려다보니, 강의 수위가 눈에 띄게 올라가 있었다.

"빨리 건너야 돼."

"건너면 어떻게 되는데?"

먀오 타가 말했다.

"우리 다 죽는 거 아냐?"

"왜, 겁이 나는가? 호랑이 여인."

겐조가 굵직한 목소리로 말했다.

"네무 님을 보호한다 하지 않았던가? 역시 자기 몸만 소중하다 이거지."

"뭐라는 거야!"

먀오 타는 쿵쾅쿵쾅 다리를 건너기 시작했다. 강은 잠잠해서 유심히 보지 않으면 물이 불어나는 것을 알 수 없었다. 하지만 수위는 빠르게 올라가고 있었다.

"얼른 건너."

네무도 다리를 건너면서 돌아보고 웃었다.

"건너든 안 건너든 상관없지만, 이미 유령 나라가 돼 버렸어."

"유령 나라에 와 버린 거네."

내가 말했다.

"앗, 이 다리는 원래 유령 나라에 있었던 게 아닌 것 같은데. 아마 우리가 건널 수 있게 지금 막 만들어진 다리일 거야."

그렇게 말하고 네무는 먀오 타를 앞질러 쿵쿵쿵 걸어가더니, 돌아보고는 어서 오라고 손짓을 했다.

손짓하는 그 모습이 너무나 유령다워서 나는 그만 후
훗! 하고 웃고 말았다.

우리 넷이서 나란히 걷기 시작하자마자 샘물이 솟아
오르듯 강물이 쿠르르 소리를 내며 용솟음쳐 올랐다. 그
기세가 하도 엄청나서 다리가 강물에 떨어진 것처럼 보
였다. 우리는 강물에 삼켜질 줄 알았지만 강은 다리를
사이에 두고 갈라지더니 그대로 치솟아 양옆에 물의 벽
을 만들었다. 고개를 들어 보니 아득히 높은 곳에 다리
폭만큼이나 좁다란 하늘이 보였다.

"내가 말했지? 강은 심술궂다고."

네무는 말하고서 나를 보더니 생긋 웃었다.

"강이랑 다리랑 뒤바뀐 거야."

"그렇군."

겐조는 난간을 잡고 고개를 끄덕였다. 많이 놀랐는지
내쉬는 숨이 거칠었다.

"흐음, 참으로 뜻깊은 이야기로다."

"무슨 말인지, 정말 알기나 하는 거야?"

먀오 타가 물었다. 이쪽도 두 다리에 힘을 꽉 주고 난
간에 매달려 있다.

"그럼, 어디 설명 좀 해 보시지."

"간단히 설명할 수 있는 게 아니라오. 네무 님의 말은 죄다 부처님의 가르침에 참으로 가깝거든."

겐조는 목에 걸고 있는 주머니에서 염주를 꺼내 꽉 쥐었다.

"흥, 자기도 모르는 모양이구먼."

약하게 흔들리던 다리가 더욱 심하게 흔들렸다. 마오 타는 아랑곳하지 않고 균형을 잃지 않으려 애쓰면서 또각, 또각 구두 소리를 울리며 걷기 시작했다.

"뒤, 뒤바뀌었다는 건, 강이, 심술을, 부린 거고, 다리는, 심술부리지 않고, 제자리에, 가만히 있단 거야?"

나는 비틀거리면서 말했다. 다리가 비틀비틀하자 목소리도 덜덜 떨렸다. 양쪽의 물 벽은 마치 세로로 서 있는 수면처럼 아래에서 위로 세차게 흐르고 있었다.

"그래, 다리는, 강에, 가위표 모양으로 걸리잖아?"

네무는 뒷걸음으로 스르르, 스르르 걸으면서 말했다. 말투는 어느새 며칠 전 수업 때처럼 바뀌어 있었다.

"강은 유령 나라가 생기기 전부터 란고리토우토우, 하고 흘렀어. 지금도 틈만 나면 모든 것을 타라리타라

190

리라, 로 되돌려 놓으려고 해. 하지만 유령들은 가위표 모양으로 다리를 놓아."

네무는 말하면서 앞으로 쑥쑥 나아갔다. 나는 비틀거리면서도 네무의 목소리를 놓치지 않으려고 발걸음을 서둘렀다.

"어엇!"

나는 소리쳤다. 힘겹게 다리를 다 건너고 돌아보니, 물 벽은 내려가기 시작했고 다리는 처음에 그랬던 것처럼 강 위에 걸려 있었다.

게다가 다리를 건너기 전에 초록빛 산이었던 이쪽은 어느새 도시 한복판의 모습으로 바뀌어 있었다.

겐조의 이야기

크고 작은 건물들이 서로 겹치듯이 서 있었다.

그 광경은 마치 사진을 오려 붙인 것처럼 입체감이 없었지만 빌딩 사이로 들어가자 꽤 긴 골목이 이어졌다.

"유령 나라는 도시처럼 생겼네."

　나는 두리번거리면서 말했다. 빌딩마다 많은 간판이 붙어 있었지만 하나같이 글자도 아니고 그림도 아닌 신기한 무늬가 그려져 있었다.

　골목 모퉁이를 돌아가자 바다나 산 위에나 있을 것 같은 회전식 전망대 레스토랑이 나왔다. 전망대 레스토랑인데도 아주 낮은 곳에 있었다.

　그런 기묘한 거리의 건물 여기저기에서, 전에 네무가 가르쳐 준 것처럼, 어디로 이어지는지 알 수 없는 다리가 튀어나와 있었다.

"언뜻 보면 도시 같지만."

네무는 말했다.

"자세히 보면 엉터리죠?"

"그러네."

먀오 타가 대꾸했다. 커다란 아파트가 불쑥 눈앞에 나타났다. 맨 위층이 계단 모양으로 되어 있어서 고급스러워 보였다. 터가 넓어 보이는데도 아파트 옆을 몇 발짝 걸어가자 마치 평면이었던 것처럼 스르르 뒤편이 나왔다.

"누군가의 숨결이 만들어 낸 건물이나 타워 같은 것이, 낙엽처럼 한데 모여 있을 뿐이니까."

네무가 말했다.

"꼭 말코손바닥사슴의 뿔 같네."

먀오 타는 주위를 둘러보면서
말했다.

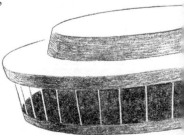

"자연계에도 그런 일이 있지. 말코손바닥사슴의 뿔은 처음에는 의미 있는 진화였어. 예를 들면 적으로부터 자신을 지킬 수 있는 거 말이야. 그런데 점점 숲에서 움직일 수 없을 정도로 거대해져서 목숨을 잃기도 하거든. 그러니 지금은 완전히 무의미해 보이는 거지."

"왠지 꿈속에 있는 거 같다."

내가 말했다.

"유령 나라는 진짜로 있으니까 꿈속은 아니야. 그냥 목적이 없을 뿐인 거지."

네무가 말했다.

"흐음."

겐조는 몇 번이나 고개를 깊숙이 끄덕였다.

"네무 님의 말씀은 실로 깊이가 있어."

"정말로 이해를 하나 몰라?"

먀오 타는 도발하듯이 말했다.

"목적이 없으면 괴로울 것도 없다…. 흐음, 실로 부처님의 가르침에 가깝도다."

겐조는 골똘히 생각하는 얼굴이었다.

"흐음."

먀오 타는 팔짱을 끼고 입을 삐죽 내밀었다.

"하긴, 차라리 그편이 행복할지도 모르지."

듣고 보니 아주 엉터리 같은 이 '도시'가 왠지 매우 친절하고 평온해 보였다.

"그건 그렇다 치고, 이제 어디로 가면 되는 건가?"

먀오 타가 겐조를 보고 말했다.

"설마, 우리 네 사람의 여행에도 목적이 없다고 말하진 않겠지."

"글쎄올시다."

겐조는 목소리를 낮춰 말했다.

"그거야 부처님만이 아시는 일."

베란다에 빨래며 이불이 잔뜩 널린, 한 동뿐인 아파트를 돌아가자 뜬금없이 쇼핑몰 주차장이 나왔다. 차는 한 대도 없었지만.

먀오 타는 쇼핑몰의 커다란 정면 유리문을 가리켰다.

"마트 같은데."

"들어가 볼래요!"

내가 말했다. 유령 나라 마트에는, 이를테면 칫솔이
나 연필처럼 유령이 쓰는 물건이 있을까? 너무나 궁금
했다.

자동문이 열리고 희미하게 조명이 새어 나왔다. 안으
로 들어가자 좌우로 주욱 늘어선 텅 빈 진열대가 흔들흔
들 흔들렸다. 우리는 숨을 죽였다. 우리 앞의, 누가 다급
히 치워 놓은 듯한 공간에 커다란 다리가 있었기 때문이
었다.

다리의 근사한 석조 난간에 덩굴 같은 무늬가 조각되
어 있었다.

"아하!"

네무가 입을 열었다.

"이건 누군가의 다리야."

"누군가의 다리?"

무슨 말이지? 나는 네무의 옆얼굴을 보았다.

"누군가의 숨결이 형태가 됐다는 거야?"

먀오 타가 허리에 손을 얹은 채, 네무에게 물었다.

"하지만 여기에 있는 것들은 원래 다 그렇잖아?"

"맞아요. 하지만 이 다리는 지금 막 생긴 것 같아요.

아까 통나무집 앞에 있었던 다리처럼요."

확실히 그 다리는 방금 다급히 만든 것처럼 어딘가 흐릿하고, 주위와 잘 어울리지 않는 느낌이었다.

"다리가 왜 생겨?"

나는 물었다.

"여기 있는 누군가의 다리가 아닐까?"

네무가 말했다. 그때.

나직한 탄성이 들려왔다.

"아아, 잊고 있었어."

소리가 난 쪽을 돌아보았다.

"하아, 이제야 생각나는군. 그래, 그분과 함께 수없이 건넜던 다리인데…."

쇼핑몰 입구에 멈춰 선 겐조의 시선이 우리를 지나 돌로 만들어진 다리 너머를 향했다.

"이건 소승의 다리올시다."

영원처럼 느껴질 만큼의 시간이 흐르고, 이윽고 겐조가 한 걸음 내디뎠다. 따각, 하고 신발이 울리는 소리가 났다.

돌로 된 다리는 아치처럼 중간 부분이 봉긋 솟아 있어서 그 너머는 보이지 않았다.

　겐조는 한 걸음 한 걸음, 터벅, 터벅, 돌다리를 건너갔다. 다리 중간쯤부터 검은 가사 차림의 그 모습은 발밑부터 서서히 가라앉기 시작했다.

　잠시 쥐 죽은 듯 조용하던 쇼핑몰에 비명 같은 소리가 메아리쳤다. 쇼핑몰 내부가 휑뎅그렁한 탓에 마치 대중목욕탕의 커다란 욕탕처럼 울려 퍼졌다. 우리는 까무러치게 놀랐다.

"젠장, 무슨 일이야!"

투덜거리면서도 제일 먼저 다리 너머로 뛰기 시작한 것은 먀오 타였다. 나와 네무도 그 뒤를 따랐다.

"나는 왜 잊고 살아왔을꼬."

겐조는 흙바닥에 무릎을 꿇고 있었다.

놀랍게도, 다리를 건너간 곳은 이미 쇼핑몰 안이 아니었다.

"저 느릅나무는 족히 백오십 살은 된 것 같은데."

먀오 타는 나무를 올려다보고 말했다. 어느 절의 마당인 듯했다.

"참으로 송구하옵니다."

마당 한구석에 본당을 둘러싸듯 가지를 넓게 드리운

느릅나무가 서 있었다. 그 밑에서 겐조가 무릎을 꿇고 있고, 그 앞에 근사한 가사를 입은 노인이 서 있었다.

"아무리 죽은 사람은 추억 속에서마저 사라져 버리는 것이 세상 이치라지만, 어찌 지금껏 주지 스님을 잊고 살 수가 있었는지…. 고아인 저를 자비로 거둬 주신 주지 스님을 말입니다."

겐조는 울고 있는 듯했다.

"오오."

주지 스님이라고 불린 그 노인이 입을 열었다. 볼이 홀쭉한 그 얼굴이 엷게 미소 지었다. 그 입에서 아주 엄격하면서도 포근하게 감싸는 듯한 목소리가 흘러나왔다.

"겐조, 생각이 났느냐."

"예에, 생각이 났습니다."

겐조는 다시 깊숙이 고개를 숙였다.

"또렷이 생각이 났습니다."

"아니, 아직 생각나지 않은 것 같구나."

노인이 껄껄껄 웃었다.

"주지 스님."

겐조는 얼굴을 들었다.

"너는 아직 아무것도 생각나지 않았다."

노인이 다시금 소리 높여 웃었다.

"스님, 어찌 그리 말씀하십니까. 저는 낱낱이 생각났습니다!"

겐조는 무릎을 꿇은 채 올려다보면서 비명처럼 소리쳤다.

"이게 어찌 된 일이지?"

먀오 타가 속삭였다.

생각났다는 겐조의 말이 거짓이 아니라는 것은 우리도 느낄 수 있었다.

바로 눈앞에 보였기 때문이다.

눈발이 흩끗흩끗 흩날리는 흐린 하늘, 문 앞에 덩그러니 놓인 갓난아기. 그 아이가 겐조였다. 은실처럼 가늘

디가는 울음소리를 들은 젊은 스님이
뛰어나와 아기를 안아 올렸다.

이번에는 우리 모두 본당에 있었다.
눈이 내리던 바깥보다 더 추웠다. 느릅나무
앞에 서 있던 주지 스님이 있었다. 아까보다는 조금 젊
지만 여전히 노인인 스님은 주름진 손으로 포대기에 싸
인 겐조에게 우유를 먹이고 있었다.

"저들이, 지금 여기에 정말로 있는 거야? 아니면 환상
인 거야?"

먀오 타가 속삭였다.

"그 중간쯤이에요."

네무가 대답해 줬다. 나도 그렇게 생각하고 있었다.

"겐조의 숨결이 형태가 된 거구나."

나는 중얼거렸다.

"나는 남을 괴롭히는 아이였어."

그곳은 다시 느릅나무 아래였다.

"있지도 않은 일을 퍼뜨려 같은 반 아이를 궁지에 빠
뜨리고 뒤에서 낄낄대는, 그런 비열한 아이였지."

겐조는 주먹 쥔 두 손을 땅바닥에 짚고 있었다. 아까 서 있던 주지 스님의 모습이 이미 그곳에 없는 걸 보면, 자신에게 들려주는 듯했다.

"내게 그리도 잘해 주셨는데, 어찌 그리 몹쓸 짓을 했는지."

"그걸 몰라?"

말을 건넨 것은 초등학생쯤으로 보이는 어린 겐조였다. 소년은 반바지 차림으로 겐조 옆에 서 있었다.

"너는 어떻게 그런 걸 잊을 수 있어? 뭐, 네가 나 자신이지만. 아무튼 인정하기 싫었던 거잖아? 네가 버림받은 아이였다는 걸, 도저히."

"그랬을지도 모르지."

무릎을 꿇고 있는 쪽의 겐조가 얼굴을 들고 애매한 어투로 말했다. 두 겐조는 말을 주고받고 있었지만 서로 다른 쪽을 보고 있었다.

"맞아. 그랬어."

어린 겐조는 말했다. 얼굴이 거칠고 드세 보여서 지금과는 인상이 사뭇 다른데도 신기하게 같은 사람인 것을 알 수 있었다.

"주지 스님도 다른 스님들도 입만 열면 그랬지. 너는 부처님이 구해 주셨다고. 근데 난 그런 말조차 듣기 싫었어. 그 말을 들을 때마다 더 비참해졌으니까."

"맞아, 그랬어."

겐조는 땅에 짚었던 두 손을 허벅지에 올려놓고서 어두운 눈빛으로 중얼거렸다.

"부처님은 이 세상일을 낱낱이 알고 있죠?"

느릅나무에서 떨어진 낙엽이 마당을 뒤덮을 정도로 수북이 쌓여 있었다. 어린 겐조는 비질을 거들면서 젊은 스님을 물고 늘어졌다.

"그럼, 당연하지."

비질을 멈춘 젊은 스님은 대나무 빗자루를 든 채로 고개를 끄덕였다.

"그럼, 부처님은 다 알면서 나를 버림받게 하고, 그런 나를 구해 줬다는 거네요.

그렇다면, 자비란 걸 보여 주기 위해서 나를 이용한 거네요? 부처님이 나를 가지고 논 거 아니에요? 정말 자비로운 마음이 있다면 처음부터 나를 버림받지 않게 했어야죠!"

"왜 이러냐, 겐조."

어린 겐조가 따지고 들자 스님은 쩔쩔맸다.

"그런 억지가 어딨어."

"뭐가 억지예요! 자기를 섬기게 하려고 일부러 사람을 괴롭게 만들어 놓고, 구해 준 거잖아요. 방화범을 잡고 보니 소방대원이더라, 그거랑 다를 게 뭐예요!"

"어찌 그런 말을!"

"그렇게 제멋대로 구는 부처 따위 누가 따를 줄 알고!"

어린 겐조는 빗자루를 내팽개치고는 냅다 뛰기 시작했다.

무릎을 꿇고 있는 겐조는 자신의 발밑에서 구르고 있는 빗자루를 물끄러미 바라보았다.

어느새 우리는 초등학교 교실에 있었다. 2층 창문 밖으로 운동장의 플라타너스가 보였다.

쉬는 시간이었다. 어린 겐조가 같은 반 친구에게 귓속
말을 하고 있었다. 겐조의 꿍꿍이가 솔깃했는지 그 친구
는 재미있어하면서 한 아이에게 거짓을 전달했다.

"숙제 안 해도 된대."

어느 날은 과학 실험 시간에 순서를 틀리게 가르쳐 주
도록 했고, 또 다른 날은 숙제를 내는 날짜를 늦춰서 전
달하라고 시켰다.

표적이 된 아이가 선생님에게 꾸중을 듣고 있었다. 마
음 착한 그 아이는 일러바치지도, 변명도 하지 않았다.
그 모습을 바라보는 겐조의 얼굴에 엷게 웃음이 번졌다.

겐조는 결코 직접 손을 쓰지 않았다.

그 뒤로 표적이 된 아이는 부주의한 아이 취급을 받게
되었다. 겐조의 부하 노릇을 하던 아이들은 실내화를 감
추거나 피리를 훔치고도 그 아이 잘못으로 잃어버린 것
이라고 몰아붙였다.

"기억 안 나?"

초등학생인 겐조는 학교 계단 층계참에 멈춰 서더니
대뜸 허공을 향해 말했다. 절 마당에 있는 또 한 명의 겐
조에게 건네는 말이었다.

"초등학생 때 내가 몰래 애들을 부추긴 건 아무도 몰랐어. 물론 선생님도 몰랐고. 그래서 난 마음속으로 비웃었지. 부처 같은 게 어딨냐고. 당신은 그 목소리를 기억할 거야. 당신이 바로 나니까."

어느 겨울날 아침이었다. 교실 분위기가 싹 바뀌어 있었다. 그간의 일을 눈치챈 여자아이 하나가 친구들과 함께 사실을 알아낸 모양이었다. 겐조가 뒤에서 조종했다는 소문이 퍼져 나갔다. 겐조를 도왔던 녀석들도 시키는 대로 했을 뿐이라고, 태도를 싹 바꾸었다. 겐조를 보는 반 아이들의 눈빛은 얼음처럼 싸늘했다.

어린 겐조는 다음 날 새벽이 되자 몰래 절을 빠져나왔다. 달랑 배낭 하나 짊어지고, 되도록 멀리 도망가겠다고 마음먹고 마을 경계에 있는 돌다리를 건넜다. 나와 먀오

타와 네무는 처음부터 끝까지 그 광경을 눈앞에서 지켜
보고 있었다. 차가운 아침 공기. 작게 흔들리는 버스. 이
틀 가까이 지나서야 다다른 바닷가 마을. 괭이갈매기 소
리. 바다 내음이 배어 있는 바람. 결국 바닷가를 떠돌던
겐조는 경찰관의 보호를 받게 되었다.

다시 절로 돌아온 겐조의 몸은 축 늘어져 있었다. 피
로 탓이 아니라 고열 때문이었다. 온몸에 발진이 퍼졌고
음식은커녕 물도 삼키지 못하는 지경이었다. 두 주 동안
이나 생사의 갈림길을 헤매다 스님들의 극진한 간호를
받고 가까스로 목숨을 건졌다.

겨우 자리에서 일어난, 몹시 야윈 어린 겐조가 잠옷
차림으로 본당 복도에 나타났다. 그는 말했다.

"이제야 부처님의 자비를 깨달았어. 그리고 나는 착한
사람이 되었어."

그 눈길 끝에 머무른 느릅나무 밑에는 여전히 겐조가
무릎을 꿇은 채 앉아 있었다.

"한 번 더 묻겠는데."

먀오 타는 네무에게 속삭였다.

"이거, 진짜 보이는 거지? 설마 나한테만 보이는 환각
은 아니겠지?"

"유령 나라는 숨결이 쉽게 모습을 만들어 내요."

네무가 말했다.

"꼭 손으로 보고 있는 것 같죠?"

"그러게, 놀라운걸."

먀오 타는 자신의 두 손을 보았다. 그 손이 희미하게
떨렸다.

"머리에서는 싹 다 잊은 걸 어렴풋이 몸이 기억하고
있어서, 이런 형태를 만들어 내는구나, 이 나라에서는."

"부디 이 배은망덕한 놈을 용서해 주십시오."

어른 겐조의 목소리가 마당의 나무들과 본당 사이로
퍼져 나갔다.

"그 뺨에 흐르는 것은 무엇이더냐."

주지 스님이 말했다.

겐조는 손으로 눈 아래를 훔치고는 이상한 듯이 중얼거렸다.

"어, 눈물이네."

"왜 울고 있는 건가."

"주지 스님, 눈물은 괴로울 때 나오는 것입니다. 몸이 아프거나 다쳤을 때, 또 눈에 먼지가 들어갔을 때도 나오지요. 저는 은혜를 잊고 살아온 저를 용서할 수 없어서 괴롭습니다."

"생각이 났는가."

"남김없이 생각났습니다."

주지 스님은 고개를 끄덕이고는 다시금 웃었다.

이번에는 소리 없이 잔잔히 미소 지었다. 주름 가득한 얼굴로 위를 올려다본 채 입을 빠끔 벌리고 있는 모습은 마치 잉어가 숨을 쉬고 있는 것처럼 보였다. 저토록 쓸쓸하고 따뜻한 미소가 또 있을까, 하고 나는 생각했다.

"겐조, 그것을 괴로움이라 여기는 한, 자네는 아직 모든 걸 떠올리지 못한 거라네."

말이 끝나기 무섭게 그 모습은 주위로 스며들듯이 사
라졌다.

절 마당의 고요한 어둠 속에는 미소를 머금은 눈동자
만이 한동안 남아 있었다.

뒤에 있던 우리는 겐조에게 다가가려고 했다.

그때.

나팔꽃 봉우리가 한낮의 햇살을 견디지 못하고 시들
어 가듯, 무릎을 꿇고 있는 그 등이 서서히 구부러졌다.
허벅지에 올라가 있던 두 손이 땅바닥으로 내려갔다.

"맞아. 나는 아무것도 떠올리지 못했어."

겐조가 중얼거렸다. 그 목소리는 어른이었지만 말투
는 초등학생이었다. 어두운 느릅나무 그늘에 부드러운
햇살이 너울너울 떨어져 내려오고, 잘 닦인 복도의 마룻
바닥처럼 가사를 입은 등이 촉촉이 빛났다.

어느새, 겐조는 본당 바닥에 머리를 조아리고 있었다.

고개를 든 겐조 앞에 어린아이가 누워 있었다. 열에
들떠 있던 날로 돌아간 것이다.

밤새 곁을 지키고 있는 것은 주지 스님이었다. 그 후

로 몇 날 며칠을 열을 식혀 주고, 옷을 갈아입히고, 약과 죽을 먹이고 있다. 다른 스님이 대신하려 했지만 절대 허락하지 않았다.

겐조는 신음했다.

"부처님 같은 건 차라리 없는 게 낫다고 생각했어. 주지 스님은 피붙이 하나 없는 나를 거둬 주셨지. 내게 정성을 쏟을수록 그건 자비를 베푸는 것일 뿐이라고, 부처님의 가르침을 실천하는 것일 뿐이라고 되레 원망했어. 부처님이 없었다면 버려진 나를 생각해 줄 사람은 아무도 없었을 거라고 말이지. 나는 자비 같은 거, 부처님 같은 거 다 필요 없었어. 내가 사랑받고 있다고 느끼게 해주는 사람이 딱 한 명만 있었다면 얼마나 좋았을까."

그리고 며칠이 지났다. 절의 모든 스님들이 이불을 에워싸고 앉아 있었다. 거기에는 열에 들떠 신음하는 아이

는 이제 없었다. 대신 주지 스님이 누워 있었다. 그 얼굴
에 하얀 천이 천천히 덮였다.

아이가 회복할 때까지 곁을 지켰던 주지 스님은 얼마
후, 그렇게 세상을 떠났다.

겐조의 전염병이 옮았던 것이다.

마오 타의 이야기

어느덧 절은 지붕과 벽의 윤곽이 말랑말랑, 흐물흐물
해져 마치 케이크 위의 설탕 과자 집 같았다. 크기는 작
아지지 않았지만 도저히 그 안에서 살거나 염불을 할 수
는 없을 것 같았다.

그제야 생각나서 뒤돌아보니 건너왔던 돌다리도 사라
지고 없었다.

그것을 괴로움으로 여기는 이상, 아직 모든 것을 떠올
린 것은 아니라고 주지 스님은 말했다.

겐조가 모든 것을 떠올렸을 때, 전염된 듯이 내 안에
도 뭔가가 희미하게 들어왔다. 분명 괴로움보다 깊은 곳

에 있는 것이다.

혹시…. 슬픔?

누이코한테서 느꼈던 것과는 전혀 다른 듯하면서도 같은 냄새가 났다.

"저기요, 안 갈 거예요?"

네무는 등을 구부린 채 나직이 신음하는 겐조에게 말했다.

"네무 님, 미안했소이다."

겐조는 고개를 떨군 채 웅얼웅얼 말했다. 터널 속에 던진 돌멩이 퉁기는 소리가 점점 작아지는 것처럼.

"유령을 구하겠다고 참 잘도 떠들었지. 부처님에 대해서 쥐뿔도 모르면서 계속 떠돌아다닌 건 되레 소승이었다오."

나는 느릅나무를 올려다보았다. 어둠에 녹아든 나뭇가지가 마치 밤하늘에 금이 간 것처럼 보였다.

아무튼 먼저 가려고 네무를 따라 흐물흐물한 본당 뒤뜰로 가자 곧장 어둑어둑한 잡목림으로 이어졌다.

나무들의 밑동에 노란 버섯이 갓을 활짝 펼치고 있었다. 노란 모자를 쓴 유치원 아이들처럼.

우리는 끝없이 이어질 것 같은 숲을 잠자코 걸어갔다. 반소매 티셔츠 밖으로 나온 팔을 때리는 나뭇가지도, 머리를 쓰다듬는 나뭇잎도, 혹시 누군가의 숨결로 나타난 것은 아닐까.

곧이어 작은 별이 하나 떨어진 듯이 빠끔 트인 곳이 나타났다. 샘이 하나 있고, 거기에 장난감 같은 빨간 다리가 걸려 있었다.

놀이공원이나 공원의 인공 연못에나 있을 법한 작은 다리는 겐조의 다리보다 훨씬 경사가 급한 아치 모양이었다. 붉은색 난간은 아름다웠지만 건물 계단의 난간처럼 가느다랗다.

"여기도 꿈속 같은 곳이지?"

내가 말했다.

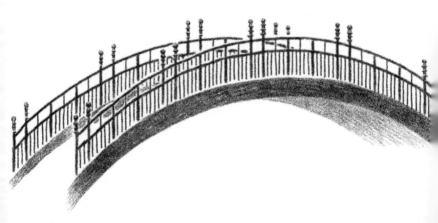

"뭐 네무 너는, 꿈이 아니라 현실이야, 그럴 테지만."

"그래, 맞아."

"하지만 나는 알아. 여기는 어린아이가 꿀 것 같은 엄청 귀여운 꿈속이야."

"그럼."

겐조는 절의 경내를 떠나온 이후로 처음으로 입을 열었다. 조금 전까지 잡목림에서 밟았던 낙엽 소리와 똑같은 버석거리는 목소리였다.

"이것도 누군가의 다리인가 보군."

"비슷해. 아니, 틀림없어."

먀오 타는 입을 반쯤 벌린 채로 한동안 얕게 숨을 쉬었다.

"이건 내 다리야."

타닷타닷타닷.

악기 소리 같은 발소리가 났다.

다리 너머에서 나타난 것은 하얀 바탕에 갈색 점이 박힌 개였다.

먀오 타도 호랑이라기보다 마치 개처럼 부르르 몸을

217

떨고는 다리를 향해 거침없이 나아갔다.

"니나."

목멘 소리로 외치더니 뱅글뱅글 도는 개를 부둥켜안
고 다리 위에 무릎을 턱, 하고 꺾었다.

개는 먀오 타의 얼굴을 마구 핥아 댔다.

"이건 정말로 꿈이잖아!"

먀오 타는 개의 등에 뺨을 문지르며 말했다.

"몇 번이나 말했지만 꿈 아니에요."

다리 앞에 서 있는 네무는 그렇게 말하고, 내 옷자락
을 살짝 끌어당겼다.

"어때, 손으로 또렷이 볼 수 있지?"

"먀오 타."

내가 불렀다.

"그 개는."

"내 보물이야. 어째서 잊고 있었던 걸까."

우리에게 말한다기보다 자신에게 말하는 듯했다. 어쩌면 그 니나라는 개에게 한 말인지도 모른다.

우리는 다리 한가운데쯤에 있는 먀오 타에게로 가서 섰다. 눈높이가 높아지자 산골짜기의 풍경이 한눈에 들어왔다.

바람 냄새가 달라졌다.

"마을이 참 예쁘네."

네무가 중얼거렸다.

마을을 둘러싸고 있는 높은 산은 위로 절반쯤은 짙은 안개에 가려 보이지 않았다. 경사진 좁은 계단식 논과 밭이 마치 자투리 천을 이어 붙인 조각 이불보 같다. 그 아래로 군데군데 낙엽이 쌓인 더미처럼 집들이 옹기종

기 모여 있었다.

집들은 썩 근사하지는 않았지만 기둥과 처마 같은 곳이 붉게 칠해져 있어서 예뻤다.

"아, 내가 나고 자란 곳."

개를 부둥켜안고 있던 먀오 타가 얼굴을 번쩍 들고 말했다.

"여기 사는 사람들은 거의 같은 성을 쓰고 있지. 타, 룬, 니무, 그런 성을. 여긴 그런 마을이야."

마을을 바라보는 먀오 타의 표정은 볼 수 없었지만 목소리로 보아 다른 때와 어딘지 다른 느낌이 들었다. 먀오 타는 손가락으로 천천히 가리켰다.

"저기는 보리가 자라는 곳이야, 다들 '뚱뚱보'라고 했어. 우리 집은 저쪽에 있는 '말라깽이' 마을에 있어. 거긴

감자 같은 뿌리채소밖에 안 나왔지. 말라깽이 마을의 가이 타네 집. 우리 가족은 거기 살았어."

그때 니나가 몸을 비틀어 먀오 타의 팔에서 빠져나가더니, 탓탓탓탓 하고 발톱 소리를 울리며 다리 너머로 건너갔다.

"니나."

먀오 타도 일어섰다. 그 모습이 어느새 머리에 빨간 수건을 두른 어린 여자아이로 바뀌어 있었다. 아이는 치자빛을 닮은 밝은 노란색 에스닉 무늬 원피스를 팔락거리며 쫓아갔다. 겐조와 다르게 먀오 타 자신이 어린아이로 변한 모습에 모두 놀랐다. 우리의 걸음도 종종걸음으로 바뀌었다.

다리 중간쯤에서 열몇 걸음 만에 다리를 다 건넜다. 눈

덮인 마을이 나타났다. 갑작스레 펼쳐진 눈경치에 나는
몸을 부르르 떨었다.

"저기가 우리 집이야."

먼저 다리를 건넌 소녀 먀오 타는 뒤쫓아 간 우리에게
말했다. 말라깽이 마을 가운데 한 집을 가리키면서.

거기에서 몇 집 건너에 있는 집 앞을 빨간 치마에 초
록색과 보라색 천을 두른 할머니가 불쏘시개로 쓸 만한
나뭇가지를 나르고 있었다.

"뭐 하고 있는 게냐. 먀오."

할머니는 이쪽을 보고 재촉했다.

"죄송합니다."

먀오 타는 큰 소리로 대답했다.

"지금 바로 할게요."

"할머니야?"

내가 물었다.

"동네 할머니야. 겨울이면 나는 저 할머니에게 맡겨졌
어. 엄마랑 아빠가 산 너머 마을로 돈 벌러 나갔거든."

소녀 먀오 타는 웃으며 집 쪽을 향해 걸어갔다.

"그땐 정말 외로웠어."

소녀가 마을로 들어가자 은세계를 만들어 놓았던 눈이 녹기 시작했다. 그래도 여전히 오소소 추웠다. 하늘이 어두워지고 얼음 같은 비가 내리기 시작했다.

환영처럼 엷은 풍경이었지만 비는 확실하게 우리 몸을 적셨다. 우리는 허둥지둥 처마 밑으로 뛰어 들어갔다.

먀오 타는 울고 있었다. 우리와 함께 처마 밑에 나란히 서서.

판자 지붕과 판자벽을 때리는 빗소리.

서로를 탓하는 소리가 빗소리에도 먹히지 않고 고스란히 들려왔다. 돈 벌러 나갔던 부모님이 돌아온 걸까.

"집이 좀 번듯하면 좋으련만."

엷은 벽 너머로 들려오는, 빗소리로도 지울 수 없는 뒤틀린 감정이 실린 말투는 어린 먀오는 물론 우리 가슴에도 차가운 상처를 안겼다.

비가 그치고 봄이 왔다. 뚱뚱보 마을에도 말라깽이 마을에도 따스한 햇살이 내리쏟아지고 있다.

먀오가 니나를 만난 건 그날이었다. 먀오는 마을을 떠돌아다니는 개를 만났다. 논두렁을 어슬렁거리며 민들

레 냄새를 맡고 있는 개의 등이 햇살을 받아 금빛으로 빛났다.

한동안 멀찍이서 넋 놓고 바라보던 먀오가 쭈뼛쭈뼛 다가갔다.

정말로 쭈뼛거리는 느낌이었다. 우리가 보아 온 그 먀오 타한테서는 상상도 할 수 없는 모습이었다. 어릴 때부터 수마트라 호랑이는 아니었던 것이다.

처음에는 경계하던 개도 이내 먀오의 손을 핥으며 몸을 비벼 댔다.

"니나."

먀오가 개를 불렀다.

"니나라는 이름은 네가 지은 거구나!"

네무는 말을 건넸다. 우리는 조금 떨어진 논두렁에서 소녀와 개를 보고 있었다.

"그래."

먀오는 돌아보지도 않고 개를 쓰다듬으면서 대답했다.

우리는 방 안에 있었다. 가구가 전혀 없는 것으로 보아 마을 회관 같은 곳일까. 아이들이 몇 명 있고, 한쪽에 작은 책장이 하나 있었다.

마오는 방바닥에 앉아서 그림책을 보고 있다. 빨려 들어갈 듯이 푹 빠져 있다. 그림책은 하도 낡아서 금방이라도 책장이 낱낱이 떨어져 나갈 것만 같았다.

그림책 속에는 개 한 마리가 초원을 달리고 있다. 그림책 속의 니나는 오렌지색이지만 생긴 건 실제의 니나와 똑같아 보였다.

"니나."

마오가 중얼거리자 우리는 다시금 논두렁에 있었다. 마오는 논두렁에 철퍼덕 주저앉아 사랑스러운 듯이 개를 쓰다듬었다.

"아까는 얼마나 놀랐게. 우리 니나가 그림책에서 나온 줄 알았지 뭐야."

그리고 아주 잠깐, 마오 타는 어른의 말투로 돌아왔다.

"아, 말도 안 돼, 내가 어떻게 너를 잊고 살았을까."

그 이후로 어린 마오는 필사적이었다.

그 개를 기르고 싶어 했지만 부모님은 결사반대였다.

사람이 먹을 것도 없는데 개 먹일 것이 어디 있느냐면서.

먀오는 물러서지 않았다. 그런 일은 처음이었다. 먀오는 이웃의 일을 거들어 주고 얻은 밥으로 니나를 먹여 키웠다. 마을을 돌아다니며 나뭇가지며 판자 조각, 구부러져 못 쓰게 된 못 같은 것들을 주워 모아 따뜻한 개집도 만들었다.

우리는 그 모습을 보고 있었다. 두 눈으로 직접, 가슴 뭉클해하면서.

"왜 그리 애를 쓰는 게지?"

그때까지 내내 말이 없던 겐조가 갑자기 말을 건넸다.

"그러게, 어째서일까."

밥 먹는 니나를 사랑스럽게 바라보던 어린 먀오는 하늘에서 내려오는 목소리라도 들은 듯이 얼굴을 들었다. 그리고 어른과 아이의 중간쯤 되는 말투로 말했다.

"니나의 부모가 되고 싶었던 게 아닐까. 나는 어린아이로 살아가는 게 괴로워서 빨리 어른이 되고 싶었어. 그래서 어른이 되는 걸 건너뛰고 곧바로 누군가의 부모가 되고 싶었던 거 같아. 그 누군가가 니나였을지도 모르겠어."

먀오의 부모는 더는 반대하지 않았다. 더구나 무슨 영문인지, 사람이 완전히 달라진 것처럼 다정해졌다.

"분명 깨달으셨던 게야."

겐조가 나직이 말했다.

"자식은 부모의 소유가 아니란 걸. 먀오 님은 한 인간이란 걸 말이오."

먀오는 니나에게 선물을 했다. 개집에 묶어 놓을 목줄과 목걸이를. 그것은 니나는 더는 떠돌이 개가 아니며 자신의 개라는 확실한 증거였다.

새끼를 꼬아 거기에 다시 빨강과 분홍 털실을 넣어 끈을 엮었다. 그렇게 그림책 속 니나의 목에 매여 있는 것과 똑같은 눈부시게 예쁜 목걸이를 만들었다. 잡아당겨도 쉽게 끊어지지 않도록 튼튼하게.

"나의 니나."

니나는 빛 속에서 끄응 하고 울었다.

'기억이 난 거야?' 하는 듯이.

화들짝 놀란 먀오는 괴로운 듯이 니나를 꽉 껴안았다.

개는 답답했던지 고개를 돌리고 먀오의 품을 벗어났다. 목줄이 팽팽히 당겨지자 니나는 먀오의 얼굴을 올려다보고 다시 빛 속에서 끄응, 하고 울었다.

산이 어른어른 흔들렸다.

조각 이불보 같은 논밭이 일그러져 보였다.

"그만!"

먀오 타가 소리쳤다. 그러고는 머리를 감싸 쥐고 웅크리고 앉았다.

어느새 우리는 학교 안에 있었다.

먀오는 학교에서 그 소식을 들었다.

며칠을 내리 비가 내렸다. 그때 먀오는 교실에 앉아 비 내리는 창밖을 바라보고 있었다. 선생님이 다급히 교실 안으로 뛰어 들어오더니, 먀오에게 진정하고 들으라고 했다.

먀오는 한 시간 거리의 산길을 걸어서 돌아왔다. 그리고 끔찍하게 변해 버린 마을을 보았다.

우리도 함께 그 광경을 보고 있었다. 먀오와 마찬가지로 멈춰 선 채 꼼짝도 하지 못했다. 산비탈이 무너지면서 떨어진 바위며 흘러내린 토사에 마을의 3분 1가량이 삼켜지고, 마을 끝에 걸려 있던 빨간 다리도 무너졌다.

말라깽이 마을의 가이 타, 곧 먀오의 집도 흘러내린

토사에 깔린 것이다. 마침 밭을 둘러보러 나갔던 부모님은 죽음을 면했다.

니나는 도망가지 못했다.

개집에 단단히 묶인 목줄 때문에.

공항에서 캠핑

문득 밤의 기척이 느껴졌다.

"해가 지고 있어."

나는 하늘을 보면서 말했다. 먀오 타의 마을은 어둠에 녹아들 듯 서서히 사라졌다. 먀오의 마을에서는 날짜도 계절도 획획 바뀌었지만, 지금 이 저녁은 다르게 느껴진다.

"이건 인간 나라의 저녁이야."

네무가 말했다.

"그렇구나. 깊숙이 스며들어서 유령 나라처럼 보이지만 여기는 인간 쪽이구나."

"그런데, 자신이 없어졌어."

네무는 붉은 노을에 먹물이 퍼져 나가는 듯한 저녁 하늘을 보며 웃었다. 그 뺨에 검붉은 노을이 어른거렸다.

"완전히 이어진 것처럼 보여서, 왠지 이대로 곧장 유령 나라로 돌아갈 수 있을 것 같은 기분이 들어."

저녁노을이 지워지고 어둠이 덮이기 직전, 세상이 신비로운 파란빛에 감싸일 때가 있다. 그 한때가 조금은 아름답고 조금은 긴 듯한 느낌이 들곤 했다.

"걸을까요?"

내가 말했다.

먀오 타도 겐조도 소리 없이 웃으며 고개를 끄덕였다. 사람은 정말로 괴로울 때 미소 짓는구나 하고 생각했다. 뺨의 근육을 살짝 끌어올리는 것은 아마도 아무리 애써도 그 이상은 할 수 없기 때문일 것이다.

"응."

겐조는 대답하고 걸음을 뗐다.

"그래."

먀오 타는 대답하고 걸음을 뗐다.

내 눈에는 두 사람 안에서 불이 꺼져 가는 것처럼 보였다.

이것이 '슬픔'이구나.

마음이 텅, 텅텅 비어 있어서.

두 다리에 힘을 꽉 주고 버티지 않으면 거기에 삼켜져 버릴 것 같은, 동굴 같은 것.

그것이 슬픔.

보이지는 않아도 사람을
물처럼 무겁게 하는 것.

둘은 그러한 감정이
목까지 차오른 것이다.

다리를 질질 끌 듯하며 걸어간다. 섣불리 말을 꺼냈다가는 슬픔이 콸콸 소리를 내며 흘러넘쳐서 배 속의 내장까지도 토해져 나올 것이다.

두 마리의 머라이언*처럼.

만약 숨결이 형태를 만든다면, 이 둘이 머라이언으로 변한다 해도 전혀 이상하지 않을 것 같다.

우리는 계속 걸었다.

그리고 다다른 곳은 공항이었다.

처음에는 몰랐다. 황무지라 해도 믿을 정도였으니까.

주위를 둘러보아도 아무것도 없는 휑뎅그렁한 곳이었다. 생김새가 이상한 냉이가 기억났다는 듯이 돋아나 있을 뿐이다.

"여기는."

내가 입을 열었다.

"맞아, 하지메가 매일같이 다녔던 그 공항이야."

* 싱가포르의 전설 속에 등장하는 동물로 상반신은 사자, 하반신은 물고기 몸으로 되어 있다.

232

네무가 말했다.

"완전히 스며들어서 그렇게 안 보이겠지만."

눈앞에 펼쳐진 황무지는 인간 나라 쪽에서는 공항 부지와 활주로 정도일 것이다. 거기에 운동화 상자 같은 하얗고 네모난 건물이 우뚝 서 있었다. 아마 공항 건물일 것이다.

황무지를 터벅터벅 걸었다. 나와 네무가 앞서고 겐조와 먀오 타가 뒤따라왔다. 마침내 다다른 운동화 상자에는 유리로 된 자동문이 있었다. 안으로 들어가자 새하얀 공간에 등받이 없는 하얀 침대 같은 긴 의자가 죽 늘어서 있었다. 문도 의자도 공항인 것 같으면서도 어딘지 달랐다.

우리는 저마다 긴 의자를 하나씩 차지하고 누웠다.

어쩌면 인간의 공항에서는 저녁 비행기를 타려는 탑승객이 우리 위에 앉아 있을지도 모른다. 혹시 예민한 사람은 자리가 어쩐지 편치 않다고 느끼지 않을까. 묘하게 까닭 모를 불편함을 느끼지 않을까? 그런 생각을 하자 조금 재미있었다.

"추워."

나는 긴 의자에 누운 채로 말했다.

"모닥불이라도 피우고 싶군."

통로를 사이에 두고 맞은편에 있는 긴 의자에서 겐조의 목소리가 들렸다.

"왜 이러지? 방금 오싹 소름이 돋았어."

그 가까이에서 먀오 타의 목소리가 울렸다.

"나도요."

내가 대꾸했다. 불 피울 생각을 하자 왠지 싫었다. 불에 겁을 먹다니, 우리도 이미 반쯤 유령이 된 건가.

"배 안 고프니?"

먀오 타는 나에게 물었다.

"네, 안 고픈 것 같아요."

그때, 할머니 집에서 팥소가 들어간 과자와 볶음국수를 바라보기만 하던 네무의 마음을 알 것 같은 기분이 들었다.

아마, 저마다 자신이 살던 세계로 돌아갈 수 있을까 생각하며 불안에 잠겨 있을 것이다.

하지만 아무도, 아무것도 묻지 않았다.

"이 유령 나라는 사람 나라에 스며들어 있는 것뿐이잖아?"

모두 잠이 들었나, 싶을 만큼 시간이 흐른 뒤에 나는 나직이 말해 봤다.

"맞아. 양배추의 맛이 진하게 스며들었어."

내 머리 위쪽의 긴 의자에서 네무 목소리가 들렸다. 나와 네무만 알고 있는 비유다.

"실제로는 고기이겠지."

"그럼 방향과 거리를 틀리지 않고 제대로 가면, 할머니 집에 돌아갈 수도 있겠네."

"스며들어 있는 거니까, 방향을 틀리지 않고 제대로 가기는 아마 어려울걸."

그리고 네무가 말했다.

"그리고 하지메랑 먀오랑 겐조도, 유령이 스며들어 있어서 사람들 눈에 어떻게 보일지도 모르고."

"유령 같아 보일까?"

"하지메 할머니라면 아무렇지 않을지도 몰라."

맞다, 네무하고도 아무렇지 않게 이야기했으니까.

우리는 긴 의자에 팔베개를 하고 누운 채로 띄엄띄엄

이야기를 주고받았다. 캠핑 가서 밤새하는 것처럼.

"우리 할머니는 지금 내 걱정을 하고 계시려나."

그렇게 네무에게 말했지만, 왠지 한편으로는 별로 걱정하지 않을 것 같기도 했다.

"으응."

네무가 대답했다. 그게 어떤 의미의 '으응'인지 다시 묻지도 못한 채 나는 잠이 들고 말았다.

두 마리의 머라이언은 물을 뿜어내지도, 말을 토해 내지도 않고 누워서 내내 하얀 천장만 보고 있는 듯했다.

8월 16일, 나흘째. 오봉 마지막 날

다쓰미 하지메의 이야기

아침이 되어 건물 밖으로 나가 보니 황무지 위에 두 줄기의 선이 똑바로 뻗어 있었다. 마치 활주로에 그어진 선처럼.

자세히 보니 바닥에 그어진 선이 아니라 아주 긴 두 줄기의 다리 난간이었다.

"난간밖에 안 보이지만 이것도 다리군그래."

겐조가 말했다. 배 속이 텅 빈 듯 맥없는 목소리로.

"이것도 또 누군가의 다리인가 보네."

먀오 타가 말했다. 배 속이 텅 빈 듯 갈라진 목소리로.

아무도 대답하지 않았다. 다만 서로 얼굴을 마주 볼 뿐이었다.

곧게 뻗은 두 줄기의 하얀 난간 사이는 아치 모양의 경사도 없이 그저 평평한 지면이 한없이 이어질 뿐이었다.

"하지메."

부르는 소리가 들렸다.

나는 소리 나는 쪽을 뚫어지게 바라보았다. 시들어 있던 하얀 꽃이 다시 피어나듯 활짝 펼쳐지는 원피스. 수십 미터 앞 난간에 여자가 서 있었다. 발밑에 그림자가 없어서인지 둥둥 떠 있는 것처럼 보였다.

"이거 혹시, 하지메의 다리 아냐?"

먀오 타가 멍하니 말했다.

나는 먀오 타나 겐조처럼 보자마자 바로 내 다리라고 알아차리지 못했다.

"네무?"

내가 묻자, 네무도 모르겠다는 듯이 고개를 저었다.

"하지메."

여자의 목소리는 멀리서 나는데도 또렷이 귓가에 와 닿았다.

"이 다리는 네 다리가 아니란다. 그러니 건너도 되지만 건너지 않아도 돼."

"혹시."

나는 한참을 망설이다가 물었다.

"엄마?"

"그래. 아, 정말 많이 컸구나."

다리 너머에서 고개를 끄덕이는 엄마를 보고도 나는 겐조나 먀오 타처럼 풀썩 주저앉거나 하지 않았다. 잘 기억나지 않았으니까.

아니다, 두 사람도 기억하고 있었던 것은 아니다. 떠올렸다.

잃은 것과 그 당시의 '슬픔'을.

나는 아예 기억이 없기 때문에 떠올리지 못하는 것이라고 생각했다. 엄마를 잃었을 때 아직 어렸으니까.

"건너고 싶은지, 건너기 싫은지, 그것도 잘 모르겠어요."

나는 솔직하게 말했다. 한심해 보여도 어쩔 수 없다.

"잘 생각해. 엄마잖아."

먀오 타가 말했다.

그 순간, 뱀이 몸부림치듯이.

파도가 굽이치듯이.

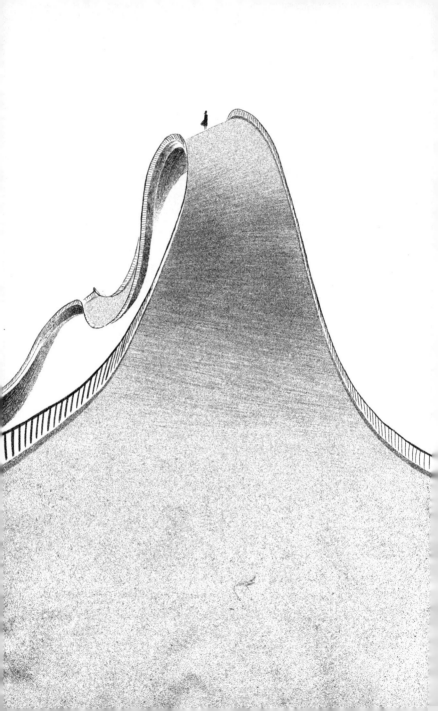

    파르스름하게 드러난 활주로는 손으로 집어 올린 듯이 아치 모양의 다리로 변했다. 어느새 엄마는 아치의 가장 높은 곳에 서 있었다.

    "다리 이쪽은 네 아빠 이야기란다. 너는 보지 못할 테니까, 내가 대신 이야기해 줄게."

    나는 엄마를 올려다보았다. 어디에서인지 예쁜 노란 빛이 비치고 있어서 하늘은 오히려 흐릿해 보였다.

    내 이야기도, 내 기억도 아니다.

    그럼 나와 상관없는 건가?

    아니다, 알아야 한다.

    언젠가 아빠는 이런 말을 했다.

    "뭔가를 알고 싶어 하고, 궁금해하는 마음을 갖고 살다 보면 엄청 괴로울 때가 있어. 하지만 아빠는 연구자잖아. 그래서 괴로운 쪽으로 걸어 보기로 했다."

    이 세계는 어딘지 이상해.

    언제부턴가 그런 생각이 들었다.

    그렇게 생각한 데에는 뭔가 이유가 있을 것이다.

"네가 결정하렴."

엄마가 말했다.

설탕 과자처럼 파르스름한 다리를 나는 천천히 건너기 시작했다. 아, 여기가 유령의 나라여서 양말이 한 번도 흘러내리지 않은 거구나, 생각하면서.

앞으로 걸어가고 있는데도 다리 한가운데에 있는 엄마하고 거리가 좁혀지지 않았다. 내가 걷는 거리만큼 다리가 늘어나는 것 같다. 하지만 곁눈질해 보니 난간이 뒤로 물러가고 있다. 그러니 앞으로 나아가고 있는 건 분명하다.

나는 자꾸 걸음이 빨라졌다. 앞을 향해 가는 무빙워크에서 거꾸로 뛰어가는 기분이었다. 100미터쯤 달려가자 발밑에 파르스름한 풀이 무성하고, 덩굴풀이 다리 난간을 휘감고 있었다. 그리고 키 큰 식물들이 엄마 주위를

너울너울 에워싸고 있었다.

땅에서 아치 모양으로 솟아올라 있던 다리는 식물들이 힘껏 끌어내려 활주로에 덜커덩 내려앉았다.

다리는 다시 평평해졌다.

나는 멈춰 서서 주위를 둘러보았다.

드넓은 황무지 안에서, 우리가 있는 이 납작한 다리 양쪽으로 풀숲이 울창하게 우거져 있었다.

"하지메."

어느새 속삭임마저 들릴 정도로 엄마가 가까이 와 있었다. 손에 닿을 듯 가까운 거리인데도 어쩐 일인지 얼굴이 또렷이 보이지 않았다.

"엄마를 기억하지 못하는구나."

"네. 그때 나는 어렸으니까요."

"사진도 본 적 없니?"

"없어요."

"이상하지 않았어?"

나는 한 번도 이상하다고 생각하지 않았다.

누가 죽은 사람의 사진을 봐? 무엇 때문에?

"호호호. 대성공이네."

엄마는 웃었다.

"하지메, 너는 슬픔이란 걸 아니?"

"옛?"

나도 모르게 큰 소리가 나왔다. 나는 곧바로 고개를 저었다. 그게 뭔지 알지 못하니까. 하지만 먀오 타와 겐조에게 일어난 일을 봐서 이제 의심은 하지 않는다. 슬픔은 있는 것이며, 전에는 예사로 있었다. 시조새와 알로사우루스처럼.

"모르겠지. 대성공이네."

엄마는 웃었다. 노란 하늘 아래서 하얀 원피스가 깃발처럼 나부꼈다. 풀이 땅바닥을 가득 메운 활주로의 다리 위에서.

아빠는 슬퍼했단다.

엄마가 죽어서.

속삭이는 듯한 목소리였지만 내 귀에 또렷이 들렸다. 똑바로 와닿지 않고 물결치듯이, 천천히 감싸듯이.

"슬픔이, 있었던 거네요. 그 무렵에는."

그래, 있었지. 그런 게.

"어떤 것이었어요?"

하지메, 만약에 친구가 너를 괴롭힌다면 넌 어떨 것
같니?

"손해라고 생각할 거 같아요."

어떻게 손해야? 좀 더 자세히 말해 줄래.

"잘 놀지도 못하고, 공부도 제대로 못 할 거예요. 또
제대로 할 수 있는 게 많이 줄어들잖아요. 그러니까 나
는 손해를 보게 되는 거고, 또 다른 애들하고도 사이좋
게 지내는 게 이득이라고 생각해요. 이렇게 생각하는 게
이상해요?"

아니, 이상하지 않아. 참 좋은 일이지. 그렇게 생각한
다면 앞으로 더 좋아질 수 있겠지.

그런데 말이야, 불과 몇 년 전까지만 해도, 그럴 때 모
두 슬픔을 느꼈단다.

"슬픔을 느끼면 어떻게 돼요?"

내가 죽었을 때, 아빠는 망가져 버렸어.

가장 먼저, 아무것도 먹지 못해. 먹은 것마저 다 토해
버리고.

또 잠을 못 잔단다. 자더라도 가위에 눌리지.

꿈속에서는 지난 일이 계속 나오고, 지금 벌어지는 일
에서 눈을 돌리게 돼.

덥지 않아도 땀이 줄줄 나고, 춥지도 않은
데 와들와들 떨어.

갑자기 온몸에 두드러기가 나기도 하고.

온몸이 울고 있는 거야.

네 아빠의 마음 대신.

마음은 너무 많이 울어서 더는 울 수 없으니까 말이야.

슬픔은 그렇게나 사람을 망가뜨린단다.

"슬퍼서 사람이 망가져요?"

그래. 슬퍼서 망가져.

만약 이틀 전에 이런 말을 들었다면 믿지 않았을 거다. 하지만 엄마의 말이 사실이라는 걸 나도 이제 알게됐다. 먀오 타와 겐조 덕분에.

슬픔은 단순한 감정이 아니다.
나는 이제 알았다. 슬픔은 나쁜 것이다.
나에게는 먀오 타와 겐조처럼 큰 슬픔은 없다. 그런데도 그물에 걸린 물고기처럼 어디선가 슬픔이 내려와 모든 걸 망가뜨려 버릴 것 같은 기분이 들었다.
"그럼."
나는 말했다. 아빠의 그런 모습이 상상이 되지 않았다.

"슬픔이 없어져서 잘됐네요."

하지만 어떻게 없어진 거지?
왠지 모르지만 오싹 소름이 돋았다.
언제, 왜 없어진 거지?

그게 '트와일라잇'이란다.
엄마는 웃었다. 얼굴이 보이지 않는데 웃고 있는 걸
알 수 있다는 게 이상했다. 그보다 더 이상한 건 그 이름
을, 세상 모든 사람이 알고 있는 그 약의 이름을 엄마가
알고 있는 점이었다.

"아."
그때 동굴 같은 목소리가 났다. 겐조였다.
"그렇게 된 거로군."
"아."
그리고 빈집 같은 목소리가 났다. 먀오 타였다.
"그랬던 거구나. 어쩐지 다쓰미라는 이름이 계속 걸리
더라니. 트와일라잇의 개발자였어."

그렇다, 아빠가 트와일라잇을 개발했다.

아빠는 전에 이런 말을 했다.

"트와일라잇이 나온 뒤로 많은 질병이 줄어들었어. 처음에는 마음이 개운해지는 영양제로 알려져서 '후회 제거제'라고 했어. 그러다 시간이 지나면서 알레르기나 암 같은 온갖 병에도 잘 듣는 만병통치약으로 인정받게 됐고. 약은 약인데 부작용도 없고, 많이 먹어도 해가 없거든. 그래서 지금은 전 세계 사람들이 먹는 모든 음식에 다 들어가 있을 정도로 퍼져 있지."

강을 유심히 들여다보면서, 사실은 강물이 역류하지 않는다고 설명했을 때와 같은 눈으로 아빠는 말했다.

"순식간에 공기나 물 같은 것이 돼 버렸어. 너무나 당연해서 자신들이 그런 약을 먹고 있다는 사실조차 모두 잊어버린 거야."

내가 만드는 법을 가르쳐 줬단다.

엄마가 말했다. 이번에는 웃지 않았다.

"정말요?"

나는 놀랐다. 그리고 곧바로 중얼거렸다.

"아아…. 아빠를 위해서."

그래.

트와일라잇은 슬픔을 느낄 수 없게 하니까. 보통 슬픔은 사람의 마음에 일었다가 금세 사라져. 하지만 때로는 더 깊숙이 파고들어서 그 사람의 일부가 되기도 해. 그럼 그 무엇으로도 지울 수가 없어.

그럴 경우에는 그 슬픔의 원인을 없애야 하거든.

"원인."

바로 잃은 것이지.

죽어서 이제는 곁에 없는 소중한 사람을.

엄마는 그렇게 말하고 또렷하지 않은 얼굴을 돌려 내 뒤에 멀찍이 떨어져 있는 먀오 타 쪽을 보았다.

어디 사람뿐이겠니, 소중한 동물도 있겠지.

트와일라잇은 머릿속에서 그 존재만 지워 버리는 약
이야.

나는 네 아빠에게 그 약의 조성식을 가르쳐 줬단다.

꿈속에 나타나서.

"조성식?"

내가 묻자 풀들이 움직였다. 바람이 부는 줄 알았다.
아니었다. 난간을 휘감고 있던 식물들이 되살아나 일제
히 자라고, 우거지고, 꽃 피고, 시들고, 다시 번식하여 나
고 자라기를 눈이 핑핑 돌아갈 정도로 빠른 속도로 되풀
이했다.

이윽고 몹시 키가 큰 꽃이 나타나 우리를 둘러쌌다.

조성식이라는 것은 약의 설계도 같은 거야.

나에 대한 기억, 나라는 존재를 지우기 위한 약이었
지.

처음에는 단지 그게 목적이었어.

흐드러지게 피어 있는 꽃은 푸른빛이 도는 은색이다.

가느다란 사람의 팔 같은 줄기.

그 끝에, 하늘을 붙잡으려고 뻗은 손가락처럼 생긴 꽃을 매달고 있다.

칸나꽃이야.

엄마는 웃었다.

이런 색 칸나꽃, 지금은 어디서나 볼 수 있지?

예전에는 현실에 없었던 색이었어.

"할머니한테 칸나라는 말을 들은 적이 있어요."

나는 떠올렸다.

"꽃을 따 오라고 시키면서, 되도록 작은 걸로, 칸나 같은 것 말고, 그랬어요."

엄마는 웃었다. 엄마는 자꾸만 웃는다. 표정을 알 수 없는 흐릿한 얼굴로.

이건 내가 만들어 낸 꽃이야. 내 마음이.

"숨결로 만들었죠?"

잘 알고 있네.

저 애가 말해 줬나 보구나. 숨결이 형태가 된단다, 유령 나라에서는.

그렇게 만들어 낸 칸나를 내가 인간 나라에 심었어.

아빠는 그 꽃으로 약을 만들어 낸 거고.

유령이 사라진 이유는 그 때문이야. 그건 알고 있지?

나는 퍼뜩 생각나서 뒤를 돌아보았다. 언제 다리를 건너왔는지, 네무가 바로 뒤에 있었다.

유령이 자신의 모습을 기억하고 있다면,

힘겹지만 형태를 드러낼 수 있어.

하지만 스스로는 자신을 제대로 볼 수 없지 않겠니?

주위에서 보는 모습도 있겠지.

자신이 기억하는 모습 그리고 생전에 주위 사람들이 보았던 모습이 합해져서

비로소 자신의 형태를 만들어 낼 수 있는 거란다.

그러니, 모두가 죽은 우리를 잊어버리고,

가끔 생각하지 않으면,

유령은 서서히 그 형태를 잃어 가겠지.

나도 이미 오래전에 사라졌단다. 지금은 이쪽 나라에 스며든 너와 저 사람들의 숨결을 빌려서 간신히 형태를 만들어 내고 있는 거야.

"숨결을 빌린다고요?"

그렇단다. 숨결은 숨결과 숨결이 서로 영향을 주고받으면서 강해지고 약해지고 하거든.

지금 나는 완벽하게 얼굴까지는 만들어 내지 못하고 있어.

엄마는 웃었다.

그 웃음소리를 들을 때마다 내 가슴은 물 같은 것으로 채워졌다.

나를 이루고 있던 것들은 산산이 흩어지더라도 어딘가에는 남아 있단다. 그래서 어떻게든 다시 모습을 만들어 낼 수 있는 거야.

관 속에 남아 있는 밥을 다 긁어모았더니, 작은 주먹밥 하나 정도는 만들 수 있더구나.

엄마가 이야기하는 동안, 하늘에서는 이따금 뭔가가 날아다녔다 사라지곤 했다.

희미하게 빛나는 하얀 오이 같은 그 물체 중 몇 개는 땅으로 떨어지면서 가랑눈이 녹듯 사라졌다. 마치 잠이 들어 버린 것처럼 보였다. 아마 유령 나라에서 보이는 인간 나라의 비행기일 것이다. 여기서 형태가 흐릿한 비행기를 보자 왠지 오봉 항공의 비행기를 처음 봤을 때가 떠올랐다.

천천히 깜빡깜빡 빛나는 희미한 빛은, 그날 밤 다리 밑에서 봤던 반딧불이와 닮아 있었다. 반딧불이의 빛을 아침에는 볼 수 없지만.

칸나 다리 위에서

자, 하지메. 네가 결정해도 된단다.

엄마가 말했다.

슬픔을, 세상에 되돌려 놓을 것인지 말 것인지.

"슬픔이라고요?"

나는 엉겁결에 소리쳤다. 왜 그래야 되지? 뒤돌아보
니, 바로 뒤에 네무가 서 있고, 그 너머에 먀오 타와 겐조
가 있었다. 빽빽이 우거진 칸나꽃이 뿜어내는 푸르스름
한 빛 때문에 둘은 유령보다 더 유령 같았다.

"왜요? 구하기 위해서요? 엄마랑 네무랑 유령 나라
를?"

엄마는 뿌듯한 듯이 고개를 끄덕였다.

"그렇다고…."

먀오 타도 겐조도 괴로워했다. 아직도 걷고, 숨 쉬는
것조차 힘들어 보이지 않는가. 인간 세계로 돌아가서 다
시 트와일라잇을 먹어야 한다.

맞다, 아빠도 다시 괴로움에 빠져들 것이다.

이 다리 앞에 네가 서 있었던 건 우연이 아니야.

네가 결정하면 되돌려 놓을 방법이 있어.

"아니, 내가 왜요? 무책임해요. 아빠랑 먀오 타랑 겐조랑 그리고 많은 사람이 괴롭겠지만 나와는 상관없는 일이잖아요."

너는 괴롭지 않니?

"그거야… 나는 엄마를 아예 기억도 못 하는걸요. 트와일라잇이 없어도 전혀 괴롭지 않다고요."

말하고 나서 나는 돌아보았다.

"네무, 넌 어떻게 생각해?"

만약 네무가 사라지기 싫다고 대답한다면. 네무가 그렇게 생각한다면.

하지만 대답 대신 네무는 나에게서 눈길을 돌린 채로 고개를 가로저었다.

여우 사내

그때 황무지 저편에서 누군가가 다가오고 있었다.

천천히 걸어오던 그가 다리 앞에서 멈춰 서는 모습이 칸나꽃들 너머로 보였다.

우리는 일제히 "앗!" 하고 소리쳤다.

보스턴백을 어깨에 걸쳐 멘 그 남자는 양복 상의에 청바지 차림이었지만 놀랍게도 머리는 여우였다.

"으악!"

여우 사내가 비명을 질렀다.

"대체 여기가 어디지?"

그렇게 말하고 주위를 두리번두리번 둘러보았다.

눈에는 보이지 않지만 지금도 이 공항 안에는 비행기를 이용하는 많은 승객과 배웅 나온 사람들이 걸어 다니고 있을 것이다. 활주로에서 내린 그 사람은 공항 건물로 걸어가던 도중에 이쪽 세계로 흘러들어 온 모양이었다.

머리가 왜 여우지?

"당신들, 설마 핼러윈 분장을 한 건 아니죠?"

여우 사내는 다리 밑에 있는 먀오 타와 겐조 그리고 황급히 그쪽으로 돌아가고 있는 나와 네무를 차례차례 가리켰다.

"인형 탈을 쓴 건가? 호랑이랑 곰? 이쪽은 비둘기랑 수달?"

"어?"

서로 얼굴을 마주 본 우리는 까무러칠 정도로 놀랐다. 모두 동물이 되어 있었다!

호랑이는 보나 마나 먀오 타가 분명했다. 곰은 겐조, 수달은 네무.

그렇다면 내가 비둘기? 다만 인간의 옷차림을 하고 있는 여우 사내와 달리 우리는 인간 크기 그대로 동물이 되어 있었다.

모두 혼란스러워했다. 옛날 사람들이 말하던 여우나 너구리로 둔갑한다는 게 바로 이런 건가. 하지만 둔갑한 동물 틈에 들어온 사람까지 여우 머리로 변신하다니.

"흐음. 혹시, 아침에 먹은 음식 중에 환각을 보는 성분이 들어 있었던가. 건포도 빵에 햄에그, 요구르트. 그렇군, 새로 나온 요구르트가 수상해."

여우 사내는 분석하기 시작했다.

말투가 귀에 익었다. 혹시….

그렇다! 오늘은 오봉 연휴 마지막 날. 아빠가 나를 데리러 오는 날이다.

"우리 아빠야."

나는 동물이 된 네무와 먀오 타와 겐조에게 속삭였다.

"뭐…."

모두 작게 놀랐다.

"저 사람이 다쓰미 박사."

먀오 타가 중얼거렸다.

"짐작대로 별나게 생기셨네."

"원래는 여우 머리 아니에요."

뒤돌아본 나는 또 깜짝 놀랐다. 다리 너머에 있는 엄마가 어느새 탐스러운 털이 볏처럼 곤두선 하얀 앵무새가 되어 있었다. 그 크기가 사람만 해서 앵무새인지 잉꼬인지 분간이 되지 않았다.

"수달 씨, 좀 여쭙겠는데요."

여우 사내는 길이라도 묻듯이 아무렇지도 않게 말을 걸어왔다. 참 끝내주게 적응력이 좋다.

"아, 네네."

네무가 대답했다. 기분 탓인지 약간 수달 목소리처럼 들렸다.

"무슨 모임이라도 있는 겁니까?"

"아, 그게요."

매사에 태연한 네무도 당황하는 눈치였다.

"지금 동물 회의를 하던 중이었어요."

그랬어?

"호오, 그랬군요."

여우 얼굴을 한 아빠는 고개를 몇 번 끄덕이고는 팔짱을 끼었다.

"회의의 의제는 뭐죠?"

그 한마디에 덥석 믿어 버리는 것도 어떤 의미에서 참 대단하다.

"슬픔은, 과연 필요한가, 입니다."

수달은 머뭇머뭇 말했다.

"슬픔이라고요."

여우 사내가 중얼거렸다. 보스턴백을 들고 팔짱을 낀 채로 고개를 갸웃거리자 몸이 엉거주춤하게 기울어졌다.

"그게 뭐였더라. 한때 그런 걸 알고 있었던 것 같기도 하고."

"슬픔은 후회와 조금 비슷하지요."

다리 너머에서 앵무새 엄마가 입을 열었다.

"오오, 참으로 아름다운 앵무새 님이로군요."

여우 사내가 감탄했다.

"후회라고요…. 요즘은 거의 듣지 못하는 말이군요."

하얀 앵무새는 칸나로 둘러싸인 다리를 건너오고 있었다. 탐스런 깃털 때문에 마치 패션쇼에 선 모델처럼 보였다.

"후회는 좋은 것입니다. 반성해서 더 나아지는 계기가 되니까요."

여우 사내도 앵무새를 향해 다리를 건너기 시작했다. 우리도 덩달아 따라갔다.

"하지만 더 나아지지 않는다면요?"

먀오 타가, 아니 호랑이가 갑자기 목소리를 쥐어짜듯이 말했다. 니나 이야기일 것이다.

"나아질 리가 없다면요?"

"잊으면 그만입니다."

여우 사내가 돌아보고 말했다.

"집착해 봐야 아무 소용없으니까요."

"도저히 잊을 수 없다면요?"

겐조가 말했다. 곰이 멀찍이 떨어져 있는 무리를 부르는 듯한 목소리로.

"흐음. 그거 참 난감하군요."

여우 사내는 손가락으로 턱을 짚었다. 터무니없이 아래턱이 길고 북슬북슬한데도 자신이 여우가 된 것을 아직 알아차리지 못한 모양이었다.

"그것이 진정한 후회예요."

다리를 건너오던 하얀 앵무새가 우리 앞에서 걸음을 멈추며 말했다. 모두가 다리 한가운데쯤에 멈춰 있다.

"그리고 그것이 슬픔에 가까운 것이지요."

"여러분은 슬픔을 아시는지요?"

여우 사내가 우리를 둘러보며 물었다.

"지금은 알아요."

호랑이가 말했다.

"간신히 떠올렸소."

곰이 말했다.

"나는 슬픔을 모른 채로 살아왔소이다."

이것이 논의의 핵심이다. 아빠라면 어떻게 대답할까. 비둘기가 된 나는 부리를 움직여 말했다.

"그래서, 되돌려 놓는 게 좋은지 나쁜지 잘 모르겠어요."

"그렇군요."

여우 사내가 말했다. 아빠는 전혀 기억하지 못하고 있었다. 그걸 세상에서 지워 버린 사람이 바로 자신이란 사실마저도.

"인류는, 감당할 수도 잊을 수도 없는, 그런 걸 어딘가로 보내 버리도록 진화하지 않았던가."

"그럼, 결정됐어."

수달은 두 손바닥을 짝 소리 나게 맞대고는 벙긋 웃었다. 주머니처럼 불룩한 양쪽 입가에 난 삐죽삐죽한 수염이 익살스러웠다.

"역시 없는 게 모두가 행복해."

"네무."

나는 놀라서 말했다.

"나는 너를 잊지 않을 거야. 그럼 사라지지 않는 거지?"

수달은 목이라기에는 지나치게 뭉실뭉실한 부위를 휘휘 흔들었다.

"고마워, 하지만."

"잊지 않을게."

나는 맹세하듯이 말했다.

"그래 봐야 소용없어."

"절대 잊지 않을 거라고."

나는 끈질기게 물고 늘어졌다.

"그래도 소용없대도."

수달은 코 밑을 씰룩씰룩 움직였다. 웃는 걸까.

"유령 네 무 말고, 인간이었던 나를 생각해 주는 사람이 있어야 하거든."

나는 입을 다물었다. 비둘기의 부리를 앙 다문 것이다.

"나는 괜찮아. 어차피 잊지 않겠다는 그 말도 언젠가는 잊고 말 테니까."

그렇게 말하고 몸을 둥글게 말고 있는 수달의 매끈매끈한 등을 곰 겐조가 내려다보았다.

그리고 나직이 중얼거렸다.

"소승도 주지 스님을 잊을 테지."

"나도."

호랑이도 멍한 눈을 하고 말했다.

"니나를 잊어버리겠지."

"당신들은 어떻게 하고 싶어요?"

나는 물었다.

호랑이와 곰은 살짝 숙였던 고개를 다시 들고 비둘기인 나를 보았다. 그 눈은 역시 불이 꺼진 듯 텅 비어 있었다.

동물 회의는 끝났다

"어쨌든 트와일라잇을 안 먹고 살기는 어려워. 엄청나게 신경을 쓰지 않는 한 말이야."

수달이 말했다. 또랑또랑한 눈동자가 젖은 듯이 보였다.

"트와일라잇!"

갑자기 여우 사내가 소리쳤다.

"과연, 모든 것이 연결돼 있군그래!"

우리는 엉겁결에 그 얼굴을 보았다.

여우 사내는 뒷짐을 진 채로 "흠흠" 하고 고개를 끄덕이며 다리를 이리저리 서성거리면서 말했다.

"믿지 않으실지 모르겠지만, 내가 바로 트와일라잇을 개발한 사람입니다. 이렇게 기막힌 우연이 또 있을까요."

우리는 잠자코 있었다. 이미 알고 있었으니까.

"놀라서 말도 안 나올 테지요."

여우 사내는 만족스러웠던지 고개를 끄덕끄덕했다.

"생각났습니다. 제가 트와일라잇을 만든 이유 말입니다."

"앗!"

하얀 앵무새는 이번에는 정말로 놀라는 것 같았다. 머리 위의 하얀 털이 부르르 떨리듯이 흔들렸다.

나는 그때 알았다.

모두를 동물로 변신시킨 것이 엄마라는 걸. 엄마는 재빨리 숨결의 힘을 깡그리 그러모아서 우리 모습을 바꿔 놓은 것이다.

이곳에 잘못 흘러들어 온 아빠가, 혹시라도 엄마를 보고 모든 것을 떠올리고 다시금 그 감당할 수 없는 슬픔에 짓이겨지는 일이 없도록.

"내가 주목한 건, 소중한 사람을 잃은 이들이 건강을 해친다는 점이었습니다."

우리는 숨을 죽였다. 트와일라잇을 개발한 사람한테서 직접 설명을 들을 수 있다니, 기대가 됐다. 여우 사내는 말을 이었다.

"어느 날, 꿈속에서 떠오른 겁니다. 그런 소중한 사람의 기억만을 머릿속에서 깨끗이 지워 버리는 약의 조성식이 말이죠."

우리는 얼굴을 마주 보았다. 엄마에 대한 기억이 빠져 있었다. 지금 아빠는 중요한 부분을 떠올리지 못하고 있다.

"그 약이 바로 트와일라잇입니다. 우리 회사는 그 덕분에 세계 3위의 제약 회사로 발돋움하게 됐죠."

재킷 차림의 여우 사내는 팔짱을 꼈다.

"트와일라잇은 이제 약의 형태로만 나오는 게 아닙니

다, 거의 모든 음식에 들어 있죠. 원료인 꽃은 세계 수십여 개 나라의 농원에서 재배하고 있어요."

비둘기인 나와 곰과 호랑이 그리고 하얀 앵무새도 여우 사내의 말에 귀 기울였다.

"사람들은 자신이 잃은 소중한 이들을 잊게 되고, 더 나아가 잊은 사실마저도 잊어버리는 거죠."

여우 사내는 계속 말했다.

"슬픔이나 괴로움을 덜어 주는 약은 결코 나쁘지 않아요. 하지만 트와일라잇은 효과가 지나치게 좋았던 겁니다. 사람들은 세상을 떠난 소중한 이들만이 아니라 이 세상에서 사라진 이들을 거의 떠올릴 수 없게 돼 버렸어요. 그래서 세상에서 죽은 사람이 없어지게 된 겁니다."

"아무래도 이상해."

그때 호랑이 먀오 타가 물었다.

"새로운 약을 만들려면 허가를 받는 게 몹시 어려울 텐데요. 그런데 순식간에 전 세계의 모든 나라에서 승인을 해 줬고 게다가 경쟁하듯이 쓰고 있어요. 정말로 순수하게 국민 건강만을 위해서 승인해 준 거 맞아요?"

"알아차렸을 때는 나도 어찌해 볼 수가 없었습니다."

여우 사내의 귀가 조금 처진 것처럼 보였다.

"트와일라잇을 본래 목적과는 다르게 이용하고 있는 건 맞습니다."

"이용?"

우리는 놀랐다.

"잃은 사람을 잊게 되면 다시는 겪고 싶지 않은 과거의 슬픔도 서서히 없었던 일이 됩니다. 그렇게 되면 사람은 그 어떤 어리석은 짓도 되풀이할 수 있어요. 나라와 정치가들은 사람들을 쉽게 조종할 수 있게 되죠."

그래서 트와일라잇 덕분에 맞게 된 바로 이때야말로….

모두가 갓 구운 빵처럼 행복한 '대행복 시대'였던 것이다.

숨결을 모아!

"여러분이 의제로 올린 슬픔은 트와일라잇에 의해 사라졌습니다."

여우 사내는 거기까지 말하고 하얀 앵무새를 보았다.

275

"되돌려 놓읍시다. 내게 책임이 있어요. 방법은 있나요?"

하얀 앵무새는 두 손을 맞잡듯이 날개를 앞으로 모았다.

"하지만 여우 님도 슬픔에 빠져서 죽을 수도 있을 텐데요."

"여우?"

여우 사내는 자신의 얼굴을 만져 보고는 소리쳤다.

"이야, 이거 놀라운걸! 내가 여우가 됐어!"

앵무새는 그 옆얼굴을 조용히 바라보았다.

"앵무새 님."

여우 사내는 금세 냉정을 되찾고는 말했다.

"또렷이 생각나지는 않지만 저에게도 소중한 사람이 있었던 것 같습니다. 트와일라잇 때문에 잊고 지냈을지도 모르겠군요. 만약 떠오른다면 괴로움에 몸부림치다 죽을지도 모르죠. 하지만 저는 연구자입니다."

여우 사내는 생각을 더듬듯 말을 끊더니 다시금 말을 이어 나갔다.

"아들 녀석에게 곧잘 이런 식으로 이야기한답니다. 알

고자 하는 마음을 갖게 되면 아주 괴로울 때가 있다. 하지만 아빠 연구자라서 괴로운 쪽으로 나아가는 거다, 하고 말이지요."

그때, 대형 트럭이라도 지나가는 것처럼 활주로의 다리가 흔들리는 느낌이 들었다.

"그럼 세상 사람들은 어떻게 생각할까요?"

나는 여우 사내의 말에 가슴이 뭉클했지만 그렇게 물었다.

"지금처럼 사는 게 행복할지도 모르잖아요."

"하지메."

호랑이가 불렀다. 먀오 타의 목소리로.

"세상 모든 사람의 마음을 다 알 수는 없어. 자기 슬픔의 깊이는 결국 자기만이 아는 거니까."

"소승도 이제는 말할 수 있소이다."

곰이 말했다. 겐조의 목소리로.

"슬픔을 잃어버리는 것도 또한 슬프다는 걸 말이오."

"아 그건, 트와일라잇의 부작용이라고 할 수도 있겠군요. 부작용이 없는 걸로 알려지긴 했지만 말이죠."

여우 사내가 말했다. 아빠의 목소리로.

"우리는 분명, 더욱 좋은 방법을 찾을 수 있을 겁니다. 외면하면 찾을 수가 없어요."

바람도 없는데 칸나가 세차게 흔들렸다.

마치 유령 나라가 흔들리는 것 같았다.

"저기요."

수달은 다리 바닥을 꼬리로 탁 치고는 펄쩍 뛰어올랐다.

"만약 유령을 돕고 싶은 거라면, 모두가 괴로움에 빠질 필요 없어요. 둘 다, 알잖아요?"

수달은 곰과 호랑이 쪽으로 돌아섰다.

"인간 나라로 돌아가면 다 잊혀요."

"네무 님도 참, 어찌 그리 매정한 말을."

곰은 우우, 하고 웃었다.

"허어, 또 잊으라는 건가, 주지 스님을."

"다시는 잊지 않겠어, 나의 니나를."

호랑이는 크르릉, 하고 웃고는 곰을 보았다.

"그리고 네무, 몇 번을 말해. 우린 유령을 구하기 위해서 왔다고 했잖아."

행복을 되찾는 거라면 이해가 된다. 그런데 이 세상에 슬픔을 되돌려 놓다니.

영웅은커녕 세계적인 악역으로 몰릴 것이다.

다시 생각해 봐요, 하고 나는 설득하려고 했다. 하지만 비둘기의 부리를 통해 나온 말은 "해 봐요"였다.

"그 방법이 뭔데요?"

"숨결을 모으는 거야."

하얀 앵무새가 말했다.

"숨결을 모은다는 것은 생각하는 것이고 마음으로 바라는 것. 그러니까 마음으로 불을 만들어 내는 거야."

"불을 만들어요?"

내가 물었다. 이상하게 불이란 말만으로도 왠지 불길했다.

"흐음."

"이 칸나를 다 태워 버려."

하얀 앵무새가 말했다.

"네?"

내가 놀라서 물었다.

"다 태우라고요?"

"그래. 인간 세상에 피어 있는 은색 칸나는 이 칸나의 모조품이야. 이걸 없애 버리면 인간 나라의 칸나도 다 없어진단다."

"여기에 있는 칸나를 모조리 없애요?"

나는 길게 뻗어 있는 다리 난간을 에워싸듯 빽빽이 피어 있는 꽃들을 둘러보았다.

"엄청 많은 것 같아도 칸나는 하나뿐이야."

하얀 앵무새는 웃었다.

"여기 있는 것 말고는 다 모조품일 뿐이야. 이것만 남김없이 태워 버리면 은빛 칸나의 숨결은 끊어진단다."

하얀 앵무새는 날개를 들어 주위를 빙그르 가리켰다.

"그럼, 트와일라잇도 힘을 못 쓰게 돼."

유령 나라가 사라지다

"내가 하겠어. 내가 만든 약이에요."

여우 사내는 넉살 좋게 나섰다. 아무튼 뭐든 자신 손

으로 해 보고 싶어 하는 것은 연구자의 나쁜 버릇이다.
여우는 눈을 감았다.

"숨결을 모으면 되는 거죠?"

기도하듯이 두 손을 모았다.

"부, 부, 부."

장난을 치고 있는 게 아니다. 불을 형태로 만들어 내기 위해 길쭉한 주둥이로 나직이 중얼거리고 있는 것이다.

우리는 지켜보았다. 활주로에 서 있는 다리를 꽁꽁 묶어 버린 것처럼 무성하게 자란 풀은 어느새 대부분 푸르스름한 은빛 칸나로 바뀌어 있었다. 달도 없는데 달빛을 받은 듯이 빛났다.

"부, 부, 부."

쉴 새 없이 중얼거리는 여우 사내의 양복에서 뭔가가 삐죽삐죽 돋아나기 시작했다. 꼭 가느다란 식물 같았다.

갈색의 새싹 같은 것은 털이었다. 그것이 자라기 시작하더니 순식간에 여우 사내가 입고 있는 양복은 온데간데없이 사라지고 온몸이 털로 뒤덮였다. 그리고 그 몸이 점점 오므라들더니 마침내 커다란 꼬리가 휙 말려 올라

281

가고 보통 크기의 여우가 되었다.

기도하듯이 모으고 있던 손바닥 두 개가 동물의 발바닥으로 변하여 서로 떨어졌다. 여우 사내는 한 마리의 여우가 되어 눈을 감은 채 납죽 엎드렸다.

"아."

앵무새가 말했다.

"틀렸어."

"숨결을 모으는 건 어려운 거구나. 네무 말이 맞았어."

나는 아빠의 변신에 놀라면서 말했다.

"여우 님의 몸속 어딘가에서 슬픔의 공포를 기억하고 있는 게 분명하오."

곰이 말했다.

"나도 알 것 같군. 머릿속으로는 칸나를 태우겠다고 생각하는데, 마음속 깊은 곳에서 그 괴롭고 힘든 때로 돌아가지 않으려는 거지."

호랑이가 말했다.

엎드린 채 여우는 게슴츠레한 눈으로 이쪽을 올려다
보았다.

"그럼, 내가 할게요."

비둘기가 말했다, 부리를 크게 벌리고. 바로 나였다.

"나는 할 수 있어요. 나는 아직
슬픔을 모르니까요."

그때는, 아직, 그렇게 생각했다.

단지 까마득히 잊고 있었을 뿐이란
것을 모르고.

돌이켜 보면, 그 천진난만한
생각이 기적을 일으켰지만.

나는 다리 한가운데를 향해 몇 발짝 걸어가 모두에게
서 조금 떨어졌다.

숨결을 모았다. 불을 생각하면서. 유도등처럼 난간을
따라 빛나는 칸나꽃을 모조리 태워 버릴 강력한 불을.

이 세상에 다시금 슬픔을 불러올 불을.

파박 파박.

"아."

누군가의 한숨 같은 목소리가 새어 나왔다.

파르스름한 꽃에 불꽃이 튄 것이다.

오므린 손가락 같은 칸나꽃이 파르스름한 불길에 휩싸여 뒤틀리기 시작했다. 그것이 다시 하늘을 붙잡으려는 듯이 손을 뻗는 것처럼 보였다.

창포처럼 곧게 뻗은 줄기와 돛단배처럼 뾰족한 이파리가 줄줄이 타오르기 시작했다.

"아."

다시 누군가 한탄하는 소리가 들렸다. 가슴이 아팠다. 4학년 때까지 쭉 꽃 당번이었던 나는 화단을 짓밟은 녀석을 혼내 준 적도 있었다. 그랬던 내가 지금은 오히려 꽃에 불을 지르고 있다.

"아주 잘하고 있구나."

하얀 앵무새는 칭찬해 주었다. 죄책감에서 벗어난 것도 잠시,

"칸나는 알뿌리가 있으니, 다시는 싹을 틔우지 못하도

록 뿌리까지 태워 버려야 해.”

　너무 심한 거 아닌가. 자연과 만나야 할 여름방학
에 이런 일을 하다니.

　이 일이 세상에 다시 슬픔을 가져다줄 거라고 생
각하자 마음이 더욱 답답해졌다.

　그렇게 주춤거릴 때마다 불길이 약해졌기 때문에
나는 다시 마음을 다잡고 숨결을 정돈해야 했다.

　그 많은 칸나는 순식간에 두 줄기의 불길이
되었다. 아무리 유령 나라지만 불은 뜨겁
고, 연기가 매캐한 것은 인간 나라와 같
았다. 우리는 빛과 검은 연기로 금세
온몸이 얼룩덜룩해졌다.

"한데, 왜 하필 칸나꽃이었는지요?"

곰이 앵무새에게 물었다. 걸치고 있는 가사만큼이나 새까만 연기를 바라보면서.

"왜냐고요?"

앵무새가 되물었다. 그 하얀 옆얼굴에 불꽃이 스크린처럼 비쳤다.

"아주 오랜 옛날에 악마가 부처님 발에 상처를 냈지요. 그때 부처님 발에서 흐른 피가 칸나꽃이 되었다는 전설이 있습니다만."

곰이 말했다.

"칸나에 슬픔이라는 악마를 멀어지게 하는 힘이 있는 것일까요?"

"아닙니다, 그냥 내가 좋아했기 때문이랍니다."

앵무새의 목소리에 웃음기가 배어 있었다.

계속 숨결을 모으면서 나는 곰과 앵무새가 주고받는 이야기를 들었다.

슬픔이 되돌아온다…. 봉화와도 같은 이 불과 연기가 인간 나라에도 스며들겠지. 그럼 인간들의 눈에도 보일까.

활주로의 다리를 따라 길게 이어지는 새빨간 두 줄기의 불길. 만일 지금 오봉 항공의 비행기가 날아온다면 놀랄 만큼 화려한 유도등이 될 것이다.

하지만….
날아온 것은 비행기가 아니었다.
"이대로 두고 볼 수 없다는 거지…."
타오르는 불길이 비쳐 핏빛으로 물들어 보이는 하얀 앵무새는 그렇게 중얼거렸다. 그러고는 힘이 다 했는지 축 늘어진 여우를 날개로 안아 일으켰다.
강이, 밀려온 것이다.

활주로 너머 황무지에서 거무스름한 물줄기가 쏴아쏴아 밀려왔다. 헤아릴 수 없을 만큼 많은 물줄기가.
득시글득시글 밀려오는, 둔탁하게 빛나는 금속제 뱀들처럼.
"어떻게 된 거지?"
나는 화들짝 놀랐다. 사방이 조금 어두워졌다. 숨결이 흐트러지기 무섭게 불의 기세가 확 사그라졌다.

"내가 뭐랬어, 강은 심술쟁이랬잖아."

수달이 펄쩍 뛰면서 말했다.

"계속 그래. 유령 나라가 타라리타라리라, 의, 란고리 토우토우, 였던 옛날부터 말이야."

황무지 너머로 보이는 강들의 수량이 부쩍부쩍 불어나면서 다리 주위로 밀려왔다. 어느새 우리 발밑까지 물기가 스며들더니 금세 질퍽질퍽해졌다. 하얀 앵무새와 수달과 호랑이와 곰은 나를 보호하려는 듯이 나에게로 다가왔다.

강물이 황무지를 에워싸기 전에 칸나를 뿌리까지 완전히 태워서 없애야 했다. 하지만 주위에 습기가 차기 시작하면서 불길이 사그라지고 연기가 났다. '서둘러야 해!' 마음이 조급해진 순간, 동시에 내 숨결도 완전히 멈추고 말았다.

칸나를 태우던 불이 사라졌다. 나는 어깨로 숨을 몰아쉬면서 활주로에 걸린 다리 위에 웅크리고 앉았다.

"강은 불을 싫어해."

하얀 앵무새는 위로하듯이 나에게 말했다. 앵무새 날

개에 안겨 있는 여우는 자신에게 말한 줄 알았는지 게슴츠레한 눈으로 뀨웅, 하고 울었다.

"유령 나라에는 불이 없거든."

수달이 말했다.

"그래."

앵무새가 말했다.

"강은 우리를 흠뻑 젖게 만들어."

"타라리타라리라, 로 만들어 버려."

수달이 말했다.

"만일 여기를 강물이 덮친다면, 나중에 물이 빠지고 촉촉해진 땅이 온통 칸나밭이 될지도 몰라."

왠지 앵무새가 미소 짓고 있는 것 같아 보였다.

"그리고 인간 나라도."

나는 알고 있다. 사람은 슬픔 앞에서 미소 짓는다는 걸. 앵무새도 그럴지 모른다.

"하지메 님의 어머니."

곰이 입을 열었다.

"애초에 어머니의 숨결로 생겨난 칸나꽃이니, 그 숨결로 없앨 수는 없을는지요?"

"누군가의 숨결로 형태가 된 것이 사라지지 않고 남아 있는 일은 종종 있는 일이지요. 칸나는 이제 저와 상관없이 무성해지고 있답니다."

하얀 앵무새는 체념한 듯이 조용히 말했다.

"게다가 저는 지금, 불에 대해 생각할 힘조차 남아 있지 않답니다."

"남아 있지 않아요."

앵무새의 날개 안에 있는 여우가 힘없이 웅얼웅얼했다.

"강은 심술쟁이랬잖아."

수달은 수염을 삐쭉삐쭉 움직이면서 아까 했던 말을 되풀이했다.

"네무 님, 대체 이 강은 어디에서 흘러오는지 아오?"

곰이 물었다.

"나도 몰라요!"

수달이 대답했다. 네무도 냉정함을 잃은 것처럼 보였다.

"뭐, 다른 세계에서 왔을지도 모르죠."

"다른, 세계라…."

곰은 신음했다.

"어딘가에 인간 나라도 유령 나라도 아닌 세계가 있다면, 부처님은 거기 계실지도 모르겠군."

"그렇다면, 부처라는 자가 강물을 보냈다는 거야 뭐야!"

호랑이는 초조한 듯이 주위를 둘러보았다. 아득히 멀리까지 헤아릴 수 없이 많은 가느다란 강줄기들이 얼기설기 엉켜 있는 황무지의 모습은 마치 성글성글 짜인 스웨터 같았다.

"내 말은 그게 아니고."

곰이 말했다.

"무슨 말만 나왔다 하면 그놈의 부처님, 부처님, 부처님, 부처님!"

호랑이는 곰의 말허리를 자르고 그렇게 물고 늘어졌다. 실제로 이빨로 물어뜯은 것은 아니지만. 왠지 인간 먀오 타로 돌아온 것 같았다.

"허참, 부처님은 세 번까지만 부르는 거라오."

이쪽도 언제부턴가 원래 겐조의 말투로 돌아왔다.

"아무렴 어때!"

호랑이가 으르렁거렸다.

"절에서는 부처님 같은 거 필요 없다고 운 게 누구였더라?"

곰은 엄니를 드러냈다. 하지만 예상과 다르게, 와하하하, 하고 요란한 웃음소리가 울렸다. 그건 인간 겐조 목소리와는 또 다른 밝은 목소리였다.

"방금 나한테 울었다고 했는데, 운 걸로 말하면 먀오 님을 당하겠소이까."

"으으."

호랑이는 말문이 막히는 모양이었다.

"부처님이 어디에 계시는지, 아니면 어디에도 안 계신지, 그건 나도 모르오. 허니, 지금 우리가 알고 있는 인간 나라와 유령 나라, 이 두 세계에서 할 수 있는 일을 하십시다."

마지막 저항

나도 포기하지 않고 계속 생각했다.

겐조의 다리와 먀오 타의 다리는 사라진 줄 알았던 그들의 마음이 숨결이 되어 만들어진 다리였다. 그렇다면 이 다리는 누가 만들었을까?

아마 아빠일 것이다. 이 공항에 찾아온 아빠의, 자신도 알아차리지 못한 마음이 만들어 낸 다리.

그 다리 너머에 있던 엄마는 분명 아빠가 건너오기를 기다렸을 것이다.

주지 스님과 니나처럼.

슬픔을 끌어안을 각오로 다리를 건너오기를.

아빠, 하고 부르려다 나는 말을 삼켰다. 그리고 하얀 앵무새의 날개 안에 있는 동물을 흔들었다.

"여우 씨."

"음냐."

여우는 한쪽 눈을 떴다.

"무슨 일인가요?"

"다리를 들어 올려요."

"아, 예. 다리를 들어 올리라고요."

여우는 고개를 들었다.

"어떻게?"

"숨결로."

나는 말했다. 활주로에 있는 다리가 아빠의 것이라면 분명 할 수 있다고 생각했다.

여우는 그제야 자신이 하얀 앵무새의 품에 안겨 있는 것을 알고, 미안한 듯이 다리 바닥으로 내려앉았다.

"들어 올리면 되는 거죠?"

"네."

나는 대답했다.

"칸나까지 통째로요."

"아아."

호랑이가 으르렁댔다.

"강에서 떼어 낼 셈이군."

여우는 개처럼 몸을 부르르 한번 털고는 눈을 감더니 앞다리에 힘을 꽉 주는 것 같았다. 숨결을 모으고 있는 것이다. 우리 모두 그 모습을 지켜보았다.

갑자기 다리가 번쩍 들려 올라갔다. 그러자 누구는 심하게 비틀거리고, 누구는 엉덩방아를 찧고, 누구는 허공에 팔을 마구 허우적거렸다.

아치 모양으로 쑤욱 올라가던 다리가 삐걱삐걱 소리를 내면서 물에 잠긴 바닥째 칸나를 끌어올렸다.

"할 수 있어!"

순식간에 되살아난 이파리들로 뒤엉킨 난간을 붙잡으면서 호랑이가 으르렁댔다.

쿵, 쿵, 쿵. 맥박이 뛰는 것처럼 들려 올라간 다리가 칸나의 키 높이에서 덜커덩 멈췄다.

살짝 물에 잠긴 지면이 쯔쯔쯔, 쯔쯔쯔 소리를 내면서 올라왔다.

다리가 조금씩 공중으로 떠올랐다. 불탄 자리에서 다

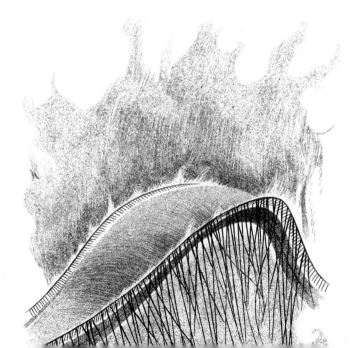

시 무성하게 자란 칸나는 이내 파르스름한 꽃을 피우고 하늘하늘 흔들렸다.

"끄응."

여우는 신음했다. 눈을 감은 채 가늘게 떨고 있다. 가녀린 다리로 버티고 서서.

"거의 다 됐어!"

그렇게 소리친 것과 동시에 갑자기 다리가 제자리로 툭 내려갔다. 그 바람에 우리는 다시 비틀거렸다.

"끄응. 어떻게 된 거지? 칸나가 다시 살아나고 있어."

여우는 꼬리를 파르르 떨면서 중얼거렸다.

물을 먹었기 때문일까. 다리를 휘감고 있는 은빛 꽃과 초록 이파리가 저항하듯이 다시금 빽빽이 우거지기 시작했다.

"그럼 슬슬 시작해 볼까."

수달 네무는 그렇게 말하고 뛰어가더니, 뾰족한 칸나 이파리들을 헤치고 난간 틈으로 머리를 쑥 밀어 넣었다.

"불은 못 피워도 소란은 피워 볼게."

우리도 휘청휘청하면서 풀 사이로 머리를 들이밀고 다리 밑을 내려다보았다. 다리는 이제 거의 제자리로 되돌아가 있었다.

검푸른 수면이 뽀글뽀글 거품을 내뿜었다.

"게?"

호랑이와 곰이 소리쳤다.

냐오코와 똑같은 고양이로 공원이 가득 찼을 때처럼 넉넉히 수만 마리는 돼 보이는 게들이 작은 집게발을 삭삭거리면서 칸나 뿌리를 파냈다.

"게 싫어한다고 했잖아."

나는 수달에게 말했다.

"응, 싫어해."

수달의 얼굴이지만 네무가 입을 뾰로통하게 내밀고 있다는 것을 알 수 있었다.

"그치만 지금 그런 거 따질 때가 아니니까. 뭐가 됐든

저기에 있는 게들을 많이 많이 불어나게 해야 해."

갑자기 다리가 덜커덩, 덜커덩, 흔들리면서 올라가기 시작했다.

"여우 님, 힘내요!"

하얀 앵무새는 부채라도 흔들 듯이 날개를 푸드덕거리며 응원했다.

마침내 칸나는 대지를 꽉 움켜쥐고 있던 그 손가락을 놓았다. 그 반동으로 다리가 쑤욱 날아올랐다.

"해냈어!"

우리는 기쁨의 환호성을 질렀다. 하지만 올라가던 다리는 곧바로 멈추고 흔들흔들 흔들리기 시작했다. 다리라기보다 마치 마법의 양탄자처럼.

여우의 입가에서 거품이 뽀글뽀글 뿜어져 나왔다.

"안 돼!"

우리는 여우에게로 뛰어갔다.

"나는 괜찮아요."

기진맥진한 여우가 말했다.

"어서 칸나를 태워 줘요. 아직 내 숨결이 남아 있을 때."

나는 두 다리에 힘을 꽉 주고 마음속으로 다시 불을

생각했다.

아직 축축이 젖은 난간을 휘감고 있는 칸나가 따닥따
닥 소리 내며 파르스름한 빛을 뿜어내고 있다. 높이 치
솟았던 다리가 서서히 내려갔다.

"앗."

누군가 놀라는 목소리가 들렸다. 그곳은 더는 강이라
고 할 수 없었다. 마치 바다 같았다. 황무지 저 너머에서
밀려든 큰물에 운동화 상자 같은 공항 건물은 잠기기 직
전이었다.

"엄마."

나는 얼른 우물거리며 다시 불렀다.

"아니, 앵무새 님."

내가 입을 열기 무섭게 불의 기세가 누그러졌다. 하얀 앵무새는 나를 빤히 보았다. 표정 없는 새의 얼굴에서도 심란해하는 마음을 읽을 수 있었다.

"다 같이 다리를 놓으면 어때요? 다리로 다리를 지탱하는 거예요."

"우아."

수달이 입을 뻐끔 벌렸다.

"하지메는 역시 대단해. 소동을 벌이는 거네."

"다리라고."

호랑이가 중얼거렸다.

"다리라…."

곰이 중얼거렸다.

"다 같이 숨결을 모아 봐요."

하얀 앵무새는 내 머리에 살포시 날개를 두르듯 하고 말했다.

"부탁할게요. 여기 있는 여러분 그리고 여기 아닌 어딘가에 아직 남아 있는 숨결들."

잦아드는 불길과 연기 너머로 가장 먼저 모습을 드러
낸 것은 장난감 같은 빨간 다리였다.

먀오 타가 떠올린 그 다리는 우리 쪽을 향해 다가오
다가 공중에서 산산조각이 났다. 그러자 곧바로 어디선
가 나타난 빨간 밧줄이 조각난 다리의 널빤지들을 묶어
기다란 출렁다리를 만들었고, 그것이 우리가 서 있는 다
리 밑으로 들어갔다. 그 순간, 떨어지고 있던 다리가 멈
췄다.

겐조가 떠올린 돌다리는 동물처럼 몸을 구부렸다 폈
다 하며 등에 쌓인 눈을 흩뿌리면서 공중제비를 돌았다.
그 뒤에서 거대한 나무가 다가오더니 가지와 이파리를
떨어뜨리면서 천천히 옆으로 쓰러져 그대로 통나무 다
리가 되었다. 절 마당에 있던 느릅나무였다.

다리는 계속해서 나타났다.

작은 나무다리와 돌다리는 물론이고 아치 모양의 둥
근 다리와 상하수도를 받치는 수도교 그리고 배가 다닐
때 열리고 닫히는 도개교도 있었다. 선로 위를 가로지르
는 가로다리, 인도 위에 걸린 육교, 빌딩과 빌딩을 잇는
유리로 막힌 구름다리까지 있었다. 고속도로처럼 쭉 뻗

은 것과 바다도 건널 수 있을 법한 어마어마하게 큰 대교도 있었다.

"옛날 옛적에 직녀와 견우가 만날 수 있게끔 까치들이 하늘에 다리를 놓았다는 이야기가 있는데. 또 악어는 흰 토끼가 바다를 건너도록 자기 등을 다리로 내주었다는 이야기도 있고 말이지."

곰은 황홀한 듯이 중얼거렸다.

"생각이란 다리의 형태를 띠는 법이라오."

"잘난 척은 됐고, 숨결이나 모아 보시지."

호랑이는 그렇게 소리쳤지만 왠지 즐거워 보였다.

다리는 잇따라 나타나서는 서로 포개지듯이 엇갈렸다. 그때마다 모두들 비틀거렸고, 여우는 대굴대굴 굴렀다. 그리고 다리가 하나 늘어날 때마다 우리는 점점 위로 올라갔다. 절대 강물에 젖지 않도록.

"아직도, 유령이, 이렇게나, 많이 있었다니."

나는 거친 숨을 내뱉으면서 말했다.

"없는데, 있는 것이, 유령이야."

수달은 수염을 휘날리면서 말했다.

내려다보니 강은—더는 강이라고 할 수 없을 것 같지

만—황무지를 거의 집어삼켰고, 수많은 작은 강물이 흘렀던 증거처럼 여기저기에서 소용돌이가 일었다.

연기가 하늘하늘 하늘로 올라간다.

불타는 칸나꽃이 바람에 나부낀다.

무수한 다리로 쌓아 올린 탑 꼭대기에서.

"하지메."

수달이 속삭였다.

나는 고개를 끄덕이고는 숨결을 모았다.

하늘 높이 올라간 위에서.

마지막 남은 칸나가 뿌리째 뽑혀 메마른 바람에 날려 순식간에 재가 되었다.

두 줄기의 성난 불길을 일으키며 마지막 칸나는 완전히 타 버렸다.

하얀 앵무새는 재가 된 칸나를 날개로 탁탁 털었다. 은빛이 도는 파란 재가 차갑게 빛나며 눈가루처럼 훌훌 흩어졌다.

네무의 이야기

정신을 차리고 보니, 우리는 공항에 있었다.

인간 나라의 공항. 양배추냐 고기냐로 말하면 고기 쪽이다.

어느새 우리는 활주로가 보이는 창문과 통로 사이에 있는 맞이방의 긴 의자에 앉아 있었고, 떠나는 사람이며 배웅하는 사람, 마중 나온 사람들이 우리 옆을 지나다녔다. 처음에는 어른어른하던 사람들의 모습이 또렷해지면서 시끌벅적한 주변 소리가 다시금 들리기 시작했다.

긴 의자에 나란히 앉아 있는 먀오 타와 겐조는 왠지 모르는 사람 같았다. 호랑이와 곰의 모습에 너무 익숙해진 모양이다.

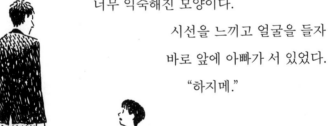

시선을 느끼고 얼굴을 들자 바로 앞에 아빠가 서 있었다.

"하지메."

여전히 여우처럼 게슴츠레한 눈을 껌벅껌벅하면서 말했다. 선물로 산 과자가 든 종이 가방을 들고 있었다. ○○행 제 ○편의 출발이 늦어진다는 안내 방송이 흘러나왔다.

"마중 나왔구나, 고맙다. 아빠가 비행기 멀미를 한 것 같은데, 이상한 꿈을 꿨지 뭐야."

나는 일어났다.

엄마는 어디에도 없었다.

그리고 네무도.

"자, 할머니 집에 가자."

아빠는 말하고 손목을 빙글 돌려 보스턴백을 어깨에 걸쳐 멨다. 그 손가락 끝이 죽은 물고기 같아 보였다.

우리를 본 먀오 타와 겐조는 앉은 채로 고개만 끄덕였다.

털이 없어서 표정을 쉽게 알 수 있었다.

둘 다 낯빛이 심하게 좋지 않다.

하지만 애써 웃는 것 같았다.

우리는 유령 나라를 구했다.

그날, 공항에서는 사람들 몇 명이 속이 메슥거리는 증상으로 쓰러졌다고 한다.

공항 말고도 전국에서, 아니 전 세계에서 같은 일이 일어났다.

앞으로는 트와일라잇을 제조할 수 없게 되었다. 그뿐만이 아니라 사람의 몸에 남아 있던 성분도 그 시점에서 사라져 버린 모양이다. 하지만 사람들 대부분은 아직 그 사실을 모르고 있다. 7, 8년 전에 발견한 약의 재료인 특별한 칸나. 세계 각지에서 재배하던, 광대한 밭에서 은빛으로 빛나던 파란 칸나가 일제히 빨강과 노랑과 보랏빛으로 바뀐 것을 알고 큰 소동이 벌어진 것은 좀 더 뒷날의 일이다.

고통은 시작되었다, 그리고 앞으로 쭉 이어질 것이다.

사람들이 되찾은 '슬픔'에 다시금 익숙해질 때까지.

정말로 익숙해질 수 있을지 의심스럽지만. 아니, 과거에는 익숙했을까….

"자연 속에서 보낸 여름방학은 어땠어?"

아빠가 물었다. 우리는 공항을 나와 큰길의 신호를 건너자마자 곧바로 이어지는 흙길로 들어섰다. 아침 바람은 살랑살랑 시원했고, 나뭇잎 사이로 떨어지는 햇살이 가늘게 뜬 눈꺼풀 안에서 어른거리다 사라지곤 한다. 꼭 물속에서 하늘을 올려다보는 것 같다. 늘 다니던 잡목림 옆으로 난 농로를 걸으면서 나는 대답했다.

"그냥 그랬어."

"친구는 생겼고?"

아빠는 다짜고짜 그렇게 물었다. 이 주변에 또래 아이가 없다는 걸 알고 있을 텐데도.

"안 생겼어."

나는 실룩실룩하던 수달의 코를 떠올리면서 건성으로 대답했다. 미주알고주알 설명하는 게 귀찮았다. 방금 전까지 이야기했던 비둘기가 아들이라는 걸 짐작조차 못 하다니, 그 둔감함이 정말 아빠다웠다. 하늘을 올려다보

았다. 파란 하늘에 금이 간 듯이 가느다란 나뭇가지가
뻗어 있었다.

네무는 유령 나라로 돌아갔을까?

하늘이 파랄 때, 저 멀리서 날아가는 비행기는 꼭 구
름 조각 같다. 바람에 찢긴 구름의 아이.

도무지 인간이 만든 것 같지가 않다.

시력 검사를 하는 것처럼 뚫어지게 보면, 아무리 멀리
서 날아가도 기체의 종류를 알아맞힐 수 있었다.

사실 하나도 즐겁지 않았다. 비행기 같은 건 좋아하지
않았으니까.

하지만 무슨 일이 있어도 꼭 알아맞혀야 한다고 생각
했다. 비행기를 엄청 좋아해야 하고, 자세히 알지 못하
면 살아갈 수 없다고 생각했다.

나는 멈춰 섰다.

그리고 운동화 발부리를 내려다보았다.

"아빠, 먼저 가."

나는 들고 있던 선물 꾸러미를 들이밀었다.

그러고 나서 냅다 뛰었다. 마음이 급해지고 다리는 꼬였다.

복사뼈까지 오는 양말이 발 앞부리까지 흘러내려 가 있었으니까.

빨대 포장지를 벗겨도 이토록 근사하게 말기는 어려울 거다.

나는 숨을 헉헉거리며 그 다리에 도착했다.

네무와 처음 만났던 날, 이야기를 나누었던 다리.

거기에, 네무가 서 있었다.

"미안해."

네무는 내 얼굴을 보고 말했다.

아마도 내 얼굴은 눈물로 범벅이 되었을 것이다.

"…로워."

나는 말했다.

"괴로워."

"미안해."

네무는 말했다.

"이딴 거, 되돌려 놓지 말았어야 했어. 유령과 함께 멸망해 버리면 좋았을걸."

"미안해. 진심이구나?"

"그래, 진심이야."

나는 말했다. 그건 진심이었는데 목이 멋대로 옆으로 흔들리고 있었다.

"네무, 널 만나서 좋았어."

"이게, 내, 다리야."

네무는 말하고 자그마한 두 손을 펼쳤다.

비행기에 온통 정신이 팔려 있었다.

그날, 나는.

강가에서 혼자 놀고 있는 어린 여자아이를 내버려 두고.

왜 그랬을까. 문득 파란 하늘에 뜬 예쁜 비행기구름을 발견한 나는 뭔가에 이끌린 듯이 다리 위로 올라갔다. 그리고 하늘을 올려다본 채 걷기 시작했다. 그때는 공항이 없었으니 내려오는 비행기가 없었는데도, 하늘을 가

로지르듯 쭉 뻗어 가는 하얀 선에 넋을 잃었다. 그렇게
하늘을 바라보며 하염없이 걸었다. 얼마나 시간이 흘렀
을까.

  내가 다리로 돌아왔을 때는 어른들이 많이 모여 있었다.
  "거참, 사람이 빠져 죽을 만큼 깊지는 않은데."

  "나는 안 오려고 했어. 하지메 오빠가 그 일을 떠올릴
까 봐."
  네무는 말을 이었다.
  "그럼 오빠가 괴로울 거 아냐. 내가 멋대로 강에 들어
간 건데, 오빠는 나 때문이야, 내가 한눈팔아서 그렇게
됐어, 그러면서 매일매일, 계속 울었어."
  "하지만 나는 다 잊어버렸잖아."
  뭐? 슬픔을 모른다고?
  잊고 있었을 뿐이잖아.
  시골에 오면 늘 함께 놀았던 어린 여자아이를.
  그 일이 있고 얼마 후.
  엄마가 죽었고, 아빠가 트와일라잇을 만들었다. 그리

고 나는 그것을 먹었다.

"그래도 난, 오빠가 나를 잊은 게 기뻤어."

장례를 마치기 무섭게 네무의 부모님은 시골 마을을 떠났다. 이곳에 있는 것이 괴로웠을 것이다. 할머니 집 옆에 빈터가 있다. 이번 여름, 그 앞을 수없이 지나다니면서도 나는 그곳에 네무의 집이 있었다는 사실을 까맣게 잊고 있었다.

"하지만, 네무 너는, 마지막까지, 사라지지 않았어."

나는 힘주어 또박또박 말했다.

"마지막 유령이, 될 때까지. 그건, 아빠랑 엄마가, 어딘가에서, 너를, 기억해 주고 있기 때문이 아닐까?"

네무는 고개를 저었다. 이마를 가린 앞머리가 살랑살랑 흔들렸다. 작은 나무다리가 그에 반응하듯이 발밑에서 삐걱거렸다.

"우리 엄마 아빠는 가장 먼저 트와일라잇을 먹었어. 내 진짜 이름은 네무가 아냐. 하아, 진짜 이름을 기억하는 사람은 이제 아무도 없지만."

슬픔이 뭐지?

눈물이라면 알겠는데.

하품할 때 나오는 것.

또 아플 때 나오고. 넘어질 때도 나오는 것.

그런 생각을 하던 날이 그립다.

나는 아무것도 모르고 있었다.

"어때, 거짓말 아니었지? 강은 심술쟁이라고 말했던 거."

네무는 웃었다.

"네무."

소리 나는 쪽을 돌아보았다. 할머니가 다리 옆에 서 있었다.

"여기 있었구나."

네무는 고개를 끄덕였다.

"내가 사라지지 않은 건, 하지메 오빠네 할머니가 기억해 줬기 때문이야, 분명해."

"우리 할머니가?"

나는 놀랐다.

"아마 그럴 거다. 나는 늘 조심하면서 그 약을 멀리해 왔거든."

할머니는 다정하게 웃으며 말했다.

"처음에 네 아빠가 먹는 걸 옆에서 봤지. 그리고 얼마 있다가 슬픔은 사라지고, 몸에도 마음에도 좋다는 약으로 세상에 나오더구나. 하지만 나는 알았다. 대신, 자신의 소중한 사람을, 죽은 딸을 잊어버린다는 걸 말이야."

바람이 쏴아 하고 울자 할머니는 헝클어지는 머리카락을 손으로 누르면서 말을 이었다.

"네 아빠는 예전처럼 건강을 되찾았어. 대신 자기 아내를 까맣게 잊어버렸지, 칸나라는 이름마저도."

칸나. 엄마의 이름.

"아까 네 아빠가 집에 오자마자 새장을 멍하니 올려다보더구나. 아, 지금은 비어 있지만 네 엄마가 애지중지하던 앵무새가 있던 새장이야. 아무튼 아빠가 한마디 중얼거렸어."

할머니는 말했다.

"칸나, 나 왔어, 라고 말이지. 그래서 무슨 일이 일어났다고 짐작한 거야."

이제야 생각났다.

거실에 매달려 있는 새장 속에 새가 있었다. 앵무새인지 잉꼬인지 확실하지는 않지만 활주로 다리에서 만난 엄마를 닮은 하얀 새였다.

부엌에 어린 나와 여자아이가 있다.

그 무렵, 엄마가 병원에서 지내는 시간이 자꾸 길어졌다. 아빠는 엄마 곁을 떠나지 않고 돌봤고 나는 할머니 집에서 지낼 수밖에 없었다.

그림을 그리고 있었다.

팥소가 들어간 과자가 있다.

그렇다. 그 애가 좋아했던 과자다.

"하지메 오빠, 한자 쓸 줄 알아?"

여자아이가 물었다.

"한자? 아, 조금."

"나 있지, 나*, 라고 쓸 수 있어."

여자아이는 쥐고 있던 크레파스로 하얀 종이에 뭔가

---

* 일본어로 '나'는 한자로 '私'라고 쓰고, '와타시'라고 읽는다.

를 썼다.

私ム

"에이, 그건 나(私)가 아니라 네무(ネム)라고 쓴 거잖
아."

나는 무시하는 듯이 웃었다.

여자아이는 그게 기뻤던 모양이다. 내가 오랜만에 웃
은 것이.

나는 계속 웃지 않았으니까.

"응?"

여자아이도 웃었다.

"내가 네무가 됐네."

"내가 네무가 됐어?"

여자아이는 말했다. 무척이나 기쁜 듯이.

"귀여워. 나 네무 할래.
이제부터 나를 네무라고
불러도 돼."

그때도 할머니는 옆에서 듣고 있었다.

네무.

웃으면서. 내가, 붙여 준, 그 이름을.

안녕, 유령

더는 버티고 서 있을 수가 없었다.

넘쳐 났다, 마음이. 강이었다면 거기에 놓을 다리가 없을 정도로.

겐조와 먀오 타처럼, 나는 쪼그려 앉고 말았다.

이것이 슬픔?

정말로, 이것이, 슬프다, 라는 감정이라면.

나는, 이 감정을, 도저히, 감당할 수 없다.

도망치고 싶다.

하지만, 내 안에 있는 것에서, 어떻게 도망칠 수 있을까?

"이제 괜찮아."

할머니가 말했다.

"참지 않아도 돼. 네무, 그간 얼마나 힘들었니."

"슬픔은 없어져야 해요."

네무가 말했다.

"차라리 잊히는 게 나아요."

"무슨 소릴 하는 거야."

할머니는 입으로만, 또렷이, 웃어 보였다.

"네무, 슬픔도 네가 우리에게 준 거야. 그러니 남겨진 이들에게는 고마운 거란다."

그리고 나에게 말했다.

"하지메. 등 좀 펴렴."

나는 천천히 등을 펴고 말했다.

"네무. 나를, 용서해 줘."

네무는 고개를 끄덕였다. 그리고 말했다.

"나는, 있어도, 좋았어?"

유령은 있는 게 아니라 보이는 거잖아. 그렇게 말하려고 했지만 목이 메어서 말이 나오지 않았다. 좋지도 나쁘지도 않다. 모습을 볼 수 있다는 것만으로도 기쁘다.

소리도 나지 않았다. 기척도 없었다. 그렇지만 그때, 우리는 함께 하늘을 올려다보았다.

구름 조각 같은 것이.

조금씩, 커졌다.

나는 알아볼 수 있었다.

"오봉 항공 비행기야."

지난번에 내려왔던 활주로 끝으로 향하는지 기체는 점점 고도를 낮추었다.

"그럼, 갈게."

네무는 손을 흔들고는 등을 돌렸다.

"그동안 고마웠어."

"내년에 또 만날 수 있지?"

"이렇게 유령을 만나고 싶어 하는 사람은 처음 봐."

네무는 돌아보고 엷게 웃었다.

"유령도."

나는 웃었다.

"친구니까."

엷어진 얼굴.

지금 내 얼굴에도 그 예쁜 빛깔이 감돌고 있는 것 같다.
그렇다, 그것이 슬픔의 빛깔이다.

슬픔은 우리에게 말한다.
"두려워하지 마."
라고.

"내가 마지막 유령일지도 몰라."
전에 너는 그렇게 말했지만 네 말처럼 되지는 않았어.
이제 유령은 사라지지 않을 테니까.
네무, 너는 나에게, 영원히, 마지막 유령이야.

구름 한 점 없는데도 하늘 저편에 무지개가 걸려 있다.
이제 우리는 안다.
비가 내리지 않아도 무지개는 뜰 수 있다는 것을. 우
리가 비를 잊지 않기만 한다면.
그런 내 생각이 전해졌는지 네무가 말했다.
"잊지 않을게."

이야기를 마치고

그 뒤로 3년이 지나서 나는 중학교 2학년이 되었다. 마사루와 신과는 같은 중학교에 들어갔지만 이전처럼 그 애들과 함께 쏘다니며 놀지 않는다.

아빠는 실업자가 됐다. 다니던 제약 회사를 그만둔 뒤 지금껏 백수 신세다. 모아 둔 돈이 어느 정도는 있는지, 한동안 일하지 않아도 끄떡없다고 걱정하지 말란다.

거의 매일 베란다에서 식물을 돌보며 지낸다. 꽃 피는 것과 먹을 수 있는 것을 다양하게 키우고 있기 때문에 베란다가 식물로 넘쳐 날 정도로 많다. 간혹 할머니에게 이것저것 물어본다. 요즘은 지방에 땅을 보러 다닌다.

"하지메, 아무래도 아빠는 언젠간 농사를 지을 것 같단 말이야."

그렇게 남의 일처럼 말하곤 한다.

그럼, 나는 어쩌지? 기꺼이 따라갈 생각은 없지만 예전만큼 시골이 싫은 것도 아니다. 공항이 없더라도 그렇게 따분하지 않을 것 같다.

이따금 나는 엄마에 대해 물어보고 싶어진다.

그때마다 아빠가 먼저 이야기해 줄 때까지 기다리기로 하고 묻지 않았다. 그날이 그리 멀지 않은 것 같은 기분이 든다.

그 이후로 해마다 여름이 되면 할머니 집에서 지낸다. 할머니는 점점 더 건강해져서 오히려 전보다 더 젊어진 듯이 보인다. 내가 그렇게 말하면 할머니는 늘,

"어머나, 10년쯤 지나야 여자 나이를 알아맞힐 수 있을 텐데. 참 조숙하기도 하지." 말하곤 한다.

그 이후로 네무를 만나지 못했다.

오봉 항공의 비행기가 오는 일도 없다.

그 여름은 특별했다는 생각이 들었다.

하지만 나는 확실히 안다.

네무는 내 마음속에 있다.

그렇게 생각할 때마다, 유령은 있는 게 아니라 보일 뿐이야, 라면서 웃는 네무의 목소리가 들리는 것만 같다.

트와일라잇의 효과가 말끔히 사라진 지금도 네무의 진짜 이름은 기억나지 않는다. 내내 네무라는 별명을 부르며 같이 놀았기 때문이다.

하지만 지금은, 어딘가에 있을 네무의 아빠와 엄마가
그 이름을 불러 주지 않을까.

3년 전, 그날 이후로 물속을 걷는 것처럼 세상의 속도
가 갑자기 느려졌다. 그리고 '원인을 알 수 없'는 대불황
이 덮쳤다. 하지만 우리가 사는 세계는 다시 대불황에서
회복되기 시작한 것 같다.

누가 이름을 붙였는지, 슬픔이 사라졌던 그 몇 년을
사람들은 '대행복 시대'라고 했다. 아빠가 말했듯이, 감
당할 수 없는 슬픔을 잊는 것이 진화라면 어쩌면 인류는
다시금 퇴보했을 수도 있다.

먀오 타에게서 딱 한 번 편지가 왔는데, 내용은 이랬다.

'다쓰미 하지메, 잘 지내니?

인정도 품앗이, 라는 말을 한 적이 있을 거야.

내가 한 말이지만 요즘 다시 생각해 보니, 아무래도
틀린 것 같단 말이지.

유령 보호는 유령을 위한 게 아니었어. 그렇다고 나
자신을 위한 것도 아니었고.

우리 인간과 세상을 위해서였어.'

나는 그것이 옳았는지 잘못됐는지, 지금도 모른다.

아마도 답은 없을 것이고, 그것이 옳았다고 생각하려고 할 것이다.

내가 할 수 있는 건 그것뿐이다.

다만, 한 가지 덧붙이자면 먀오가 말한 '우리'와 '세상' 안에는 유령도 포함돼 있다는 것이다.

이건 어디까지나 하나의 이야기. 여러분에게 찾아올 가까운 미래의 일이다.

이야기는 비행기처럼 여러분을 태우고 날아오른다. 언젠가는 여러분이 올려다보았던 하얀 비행기구름이나 하염없이 바라보았던 비행기에 타는 날이 올 것이다.

그리고 지상에서 높이 날아오른 비행기는 우리에게 하늘 여행을 시켜 주면서 낯선 광경을 보여 줄 것이다.

하지만 거기서 끝나면 안 된다고 생각한다. 하늘로 날아올랐으면 반드시 제자리로 내려와야 한다.

일상으로.

하지만 다시 돌아온 이 세상은, 분명 날아오르기 전과는 완전히 다를 것이다.

마지막 유령

1판 1쇄 ∘ 2023년 9월 12일

지은이 ∘ 사이토 린
그린이 ∘ 니시무라 쓰지카
옮긴이 ∘ 고향옥
펴낸이 ∘ 조재은
편집 ∘ 이혜숙
디자인 ∘ 서옥
관리 ∘ 조미래

펴낸곳 ∘ (주)양철북출판사
등록 ∘ 2001년 11월 21일 제25100-2002-380호
주소 ∘ 서울시 영등포구 양산로91 리드원센터 1303호
전화 ∘ 02-335-6407
팩스 ∘ 0505-335-6408
전자우편 ∘ tindrum@tindrum.co.kr

ISBN ∘ 978-89-6372-421-8 (03830)
값 ∘ 15,000원